世界頂尖的
暗殺者轉生為
異世界貴族
The world's best assassin,
To reincarnate in a different world aristocrat
月夜涙
畫 れい亜
1
Kadokawa
Fantastic Novels

† 祈安
盧各的父親，在暗殺世家為歷代最強。具有熱愛妻子的一面與冷酷暗殺者的一面。
† 盧各
被稱為神童的暗殺世家長男。投胎前是世界頂尖的暗殺者，能將前世的那些知識、經驗與魔法並用。
† 艾思麗
盧各的母親，溺愛兒子。雖然平時都悠悠忽忽，腦筋卻動得很快。

† 塔兒朵
盧各的專屬女僕兼暗殺生意的助手。對收留自己的盧各有依存傾向。
† 瑪荷
在盧各創設的化妝品牌擔任代理代表。從資金、物援、情資收集等方面為盧各他們提供後援。
† 蒂雅
鄰國的貴族千金，魔法才華在人類中達頂尖之譜。

Contents

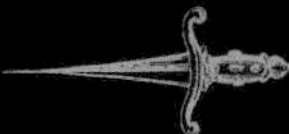

The world's best assassin,
to reincarnate in a different world aristocrat

世界頂尖的暗殺者轉生為異世界貴族

The world's best assassin,

To reincarnate in a different world aristocrat

1

月夜涙

畫 れい亜

Kadokawa Fantastic Novels

彩頁、內文插畫／れい亜

Prologe

序章 暗殺者投胎轉世

The world's best assassin, to reincarnate in a different world aristocrat

我沉沉地坐在客機座椅上。

海外的工作已經完成，我正要回日本。

暗殺者這種行業只存在於虛構的故事之中。

對大多數的人來說，那應該是常識。

不過，希望各位冷靜地想想看。

要除掉敵人，沒有比殺害更加有效率且迅速的方法；越是擁有錢與權力的人，想除掉的敵人越多。

有需求就會有供給……像我這樣的暗殺者使因應而生。

「最後的差事也一如往常地結束了。」

而我的暗殺生意將在今天收山。

人稱世界頂尖暗殺者，甚至曾讓某國總統「病死」的我也敵不過老化。

下一項工作已經敲定了。

我將在以往學習暗殺者所需技術的設施擔任教職。

教導暗殺者必須有極高的專業技術。

這樣的人才可不多。

往後我會培育有才能的孩子，栽培出像我這樣的暗殺者。

……不過，憾就憾在這項工作似乎是為了讓我鬆懈才編造出來的。

客機隨爆炸的聲響劇烈搖晃，高度逐步下滑。

「為了處分用完的道具而滅口是可以理解，然而只是殺區區一個人要做到這種地步嗎……看來上頭似乎待我不薄。」

我重新感受到自己老了，因為我連這種局面都料不到。

我站起身，撥開那些陷入恐慌的乘員，朝聲音傳出的方向跑。

先駭入門禁系統再闖進駕駛艙……途中曾有人來攪局，但是我讓對方入眠了。

在駕駛艙裡，機長與副駕駛都已經腦袋開花。

假如光是這樣還好。

暗殺者被要求的技能五花八門，駕駛客機難不倒我。

……只要控制台沒有跟機長、副駕駛的腦袋一起被炸掉。

「以往被我了結的人命也夠多的了，想也知道遲早會輪到自己，不過送終的排場居然豪華成這樣。」

我閉上眼睛。

無論在何種狀況下，活下來的可能性只要有０．０１％就該盡力而為。這是我的信條。

我動員所有經驗與知識尋求最佳解。

……尚有可為。雖然救客機有困難，我仍有希望獨自生還。

「比想像中早嘛。早就安排得萬無一失呢……敗給他們了。」

機窗外，有裝著飛彈的戰機正在逼近。

目前我們飛在市區上空。

照這樣下去，客機會墜落到市區，造成莫大損害。對方打算在那之前就將我們轟得精光。

算起來，應該還要十分鐘左右才會抵達，看來背地裡都有布局。

飛彈發射了。

真可惜，光是墜機的話，我倒還有對策。

空對空飛彈，ＡＩＭ－９２。像這種客機，連碎片都不會剩下。

……我不甘心。

身為組織的道具，我一直以來都忠實履行命令，卻遭到背叛。

原本我甚至忠心到上頭叫我死，我也能完成使命的地步。

而現在忠誠遭受踐踏，我才對組織與自己的人生產生疑問。

假如還有下一次的人生，就別當他人的道具，為自己而活吧。

只要將這些技術、經驗及知識為己所用，肯定能有一番作為……

我一面如此祈願，一面不停採取為了活到最後一秒所需的手段。

◇

睜開眼睛的我看見了神殿。

硬要說的話，樣似帕德嫩神殿。是石砌的老舊白色神殿。

在那種狀況下不可能得救。剛才的經歷是夢嗎？

「不，錯了，直到方才的經歷都是現實。你自己身為世界頂尖暗殺者，卻失察遭到暗殺了。噗哧，嘻嘻嘻。」

長著白髮，身上所穿的貫頭衣同樣是白色的女子露出微笑。不，不只頭髮和衣服，她的膚色與眼睛還有一切的一切都是白色，而且美麗無比。

萬般要素都以黃金比例塑造成形，過於完美且超乎凡人的存在。

然而，她這種一開口就完全破功的直白語氣是怎麼回事？

「……嗯，能不能請妳多做點說明？」

「我招來了你死後的靈魂。還有我是女神。嗯哼！」

「女神會特地把死人找過來，還有說有笑的嗎？考慮到死人的數目，神是多如繁星，還是閒得發慌？……或者說，把我找來有特殊的含意？」

「最後那句被你說中了。正常來講，有所染的靈魂會盡快漂白，然後回收。因為我們也不是閒著沒事。」

從剛才開始，我就想靠女神的表情肌、聲音的抑揚頓挫、出汗及諸要素來確認她所言是真是偽。可是，那些都自然到不自然的地步，對方彷彿對我判讀的重點瞭若指掌，有種像是被人用演技對待的噁心感。

類似的技倆我也會，卻無法用得如此完美，對人類來講是不可能的領域。

起碼這樣的事實讓我篤定眼前的存在確非人類。

「那麼，談談把我找來的理由吧。」

「真是伶俐。有選項讓你挑。看是要漂白靈魂投胎成陌生的某人，然後呱呱墜地；或者接下我的委託，換取你現有的知識與經驗保留至來世。」

選前者，我會成為他人而不再是我。

若選後者，某方面來講應該與繼續這段人生同義。條件很誘人。

正因為一路把自己當殺人道具活過來，最後卻被主子背叛而喪命，我在最後一刻才會忍不住後悔。我可以重新來過。

基本上如果考慮到女神為何選了我，委託內容便只有一種。不太令人喜歡的差事。

「妳所謂的委託，難不成是希望我殺了某個人？」

「很慶幸我們可以長話短說，不愧是我看上的靈魂。請你在劍與魔法的世界暗殺勇者，期限定為你生下來的十八年後。」

「劍與魔法的世界？勇者？那不是憑空想像的嗎？」

在我質疑的同時，那個世界的情報就一併流入腦內。

世界的構造；魔法這玩意兒的定義；該時代的文化；技術水準；有關勇者的種種。

……原來如此，這跟我的世界不一樣。

「被稱為勇者應該是英雄吧？為何有殺他的必要？」

「十六年後，勇者打倒魔王拯救了世界之後，會將力量用於私利私慾而讓世界陷入大混亂，手段比魔王更不留情，而且確實。於是十八年後世界就毀滅了。所以，要請你去殺一殺。」

「表示勇者在打倒魔王後就用不到了嗎？」

我對他有某種類似親近感的情緒。

「只要他不調皮，也是可以放著不管，但是那傢伙惹出來的事情超出了可容許的範圍。我生氣氣！」

有名為魔法的技術存在，還有一部分人類的體能凌駕於此世的世界。

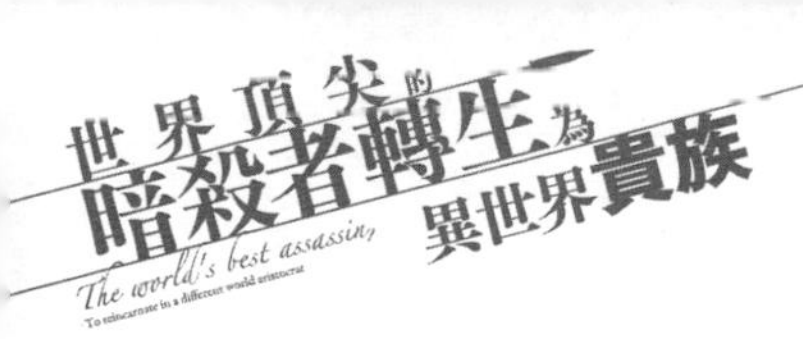

技術水準在中世紀與近代之間，唯有魔法這一項異常發達。

要我在那裡為了殺害勇者而轉世嗎？

「殺了魔王的勇者因為用不到了，所以要處理掉。那麼，下一個用不到的人，可不就是殺了勇者的我？」

「我說過了吧，只要不調皮就可以放著不管。何況，你也沒有那麼大的力量，假如要賦予你那樣的力量，我從一開始就不會選你喔。」

女神把手湊到我的下巴，妖豔地露出微笑。

「之所以選上暗殺者，是因為在人類的範疇之內殺得了勇者的既非戰士，也非騎士，更非魔法師，只有暗殺者才辦得到啊。」

「那我非得以常軌內的人類之軀，去殺害超脫常軌的怪物嘍？」

從女神方才賦予我的世界情報，當中的理由已經銘刻在心。

誕生於該世界的人類性能有其極限。

而勇者則是大幅度突破極限的存在，從出生時就優越過人的存在。

還有，所謂女神並無法創造出勇者以外的特例，勇者於同一時間只能存在一名。

勇者若是失控便無人可以阻止。在「戰鬥」這方面沒有任何人敵得過勇者。

所以才需要「暗殺」是嗎？

「所謂的勇者有多離譜，我明白了。進而我要告訴妳：單是殺他可以，只不過，那需要在人類範疇內接近上限的性能。」

「嗯，這部分我會協助你。可達在人類範疇內理論上最強的規格……另外理應隨機決定的技能也可以讓你挑選。」

無數技能浮現於我的腦海。

在劍與魔法的世界，人出生時最多會被賦予五項技能。

能在多如繁星的技能中隨意挑選是一大優勢。

不只可以選強力的技能，還能相互搭配發揮奇效。

「難道妳就不能替我選嗎？」

「我不擅長思考瑣碎的事情耶。要用微薄的力量攢湊些什麼會讓我起雞皮疙瘩……我給你三天時間，所以你要做過功課再來選。前提是，如果你肯接下我的委託。」

「在那之前我想問幾件事。從我得到的情報來看，女神似乎不能對世界過度干涉，但是從其他世界讓我投胎過去就不算在內嗎？」

「是啊，不要緊。碰巧靈魂不足而從別的世界補充，碰巧靈魂漂白得不夠而留下記憶以及知識，你只是碰巧有高性能的身體，又碰巧抽中厲害的技能而已。唉，在那樣的範疇內，『凡人』再怎麼掙扎也贏不過你就是了。」

所以她終究打算在正常規則有可能的範圍內主導這件事情。

「接下來，就是妳叫我在十八年以內動手這一點。我可以在準備完成後就收拾掉他

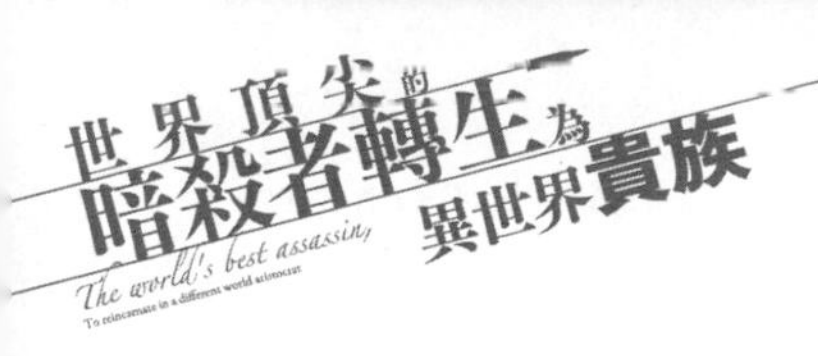

嗎？」

「啊，那樣不行。至少請等到勇者殺了魔王再動手。因為魔王非要勇者才能殺，所以你那樣的話會讓世界滅亡。」

「下個問題……有多少靈魂跟我一樣，被類似的餌釣來投胎了？」

難以想像只有我投胎是為了暗殺勇者而保有記憶。

換成我在女神的立場，就會在手上多準備幾顆棋子，為了盡量提高成功率。

「哦，不愧是知名暗殺者，事情看得很透澈呢……答案是ＮＯ。至少，目前只有你而已。我再神通廣大，也不能製造好幾個偶然。」

目前是嗎……

「最後，妳是想拯救世界，還是想殺了勇者？……若是前者，不殺勇者就能拯救世界的話，那應該也無妨。」

「我所求的當然是拯救世界。是的，假如不殺勇者就能拯救世界，那樣也無妨……假如你辦得到。」

女神若有深意地笑了笑。

「我懂了，這項委託我接。我願意轉世，投胎到劍與魔法的世界。我有個要求，讓我投胎的人家最好是還算富裕，我需要能鍛鍊技巧與體魄的環境。」

「好啊，這一點不用擔心。畢竟你會投胎到異世界最厲害的暗殺者之家，成為暗殺世家圖哈德家的繼承人。所以嘍，還請你盡力在人類的範疇內登峰造極。技能決定好以後，我就會讓你轉世。」

女神消失，而我笑了出來。

沒想到投胎後還是要做暗殺這檔事。

雖然我發過誓，若有來生要為自己而活，但這次卻從一開始就成了別人的道具，實在諷刺……然而，我不打算抱怨。

我有十八年的緩衝時間，理應只要下一次殺手，我就可以收山，得到此後的人生當報酬。

這次，我要以自己的意志活下去，尋找所謂的幸福並得到手。

我花了一天確認腦海裡浮現的所有技能。

這是因為我不單要認識技能，還必須深深理解自己將投胎到什麼樣的世界。

技能的數目頗為可觀。十二萬三千八百五十一個。

在劍與魔法的世界，人會被賦予與生俱來的技能。感覺無用的技能也很多。【模仿動物的叫聲】、【洗碗盤】、【快速更衣】、【扮女裝】，連這種玩意兒都有。

當中存在著S、A、B、C、D五個階級，各有可能獲得一種。

S：機率億分之一。

A：機率百萬分之一。

B：機率一萬分之一。

C：機率百分之一。

D：機率一分之一。

由於每個階級各有判定的機率，理論上所有階級的技能都可以到手。然而，能得到

S級的機率本來就只有億分之一，至於五階技能齊備的機率便是……

1／100，000，000，000，000，000，000，000。

技能選擇權非常可貴，畢竟大多數人都只有一項D級技能。

選技能的基本在於挑選最為強大的S級技能，其他技能則是用來輔助S級技能散發光彩。

「億分之一真不是蓋的，S級技能全都強大無比。」

S級技能具備光是擁有就可成為英雄的力量。

好比說……

【魔劍召喚】

可以按使用者的力量召喚出魔劍，並加以使役。

……乍看之下不起眼，但是喚出的魔劍性能可不得了，多得是一揮就能劈開一座山的貨色。

【聖鬥氣】

將散發黃金光芒的神聖之氣纏繞於身，藉此大幅提升攻擊力、防禦力、速度。

……上升幅度太過壓倒性了。只要有這個技能，應該連幼兒都能徒手破壞戰車。泛用性非常高，猶豫的話選這就對了。

【隸屬刻印】

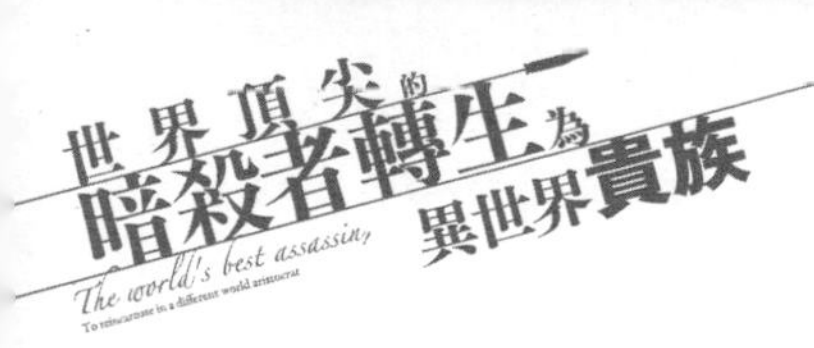

碰觸對方額頭，蓋上印記，藉此支配對方。

……絕對服從的手下要多少都弄得到。不過，銘記這種刻印之際，有魔力的抗性判定，施術者必須具備高過對方的魔力。

【魔物生成】

以萬般材料創造出魔物，並加以使役。

……主要是用屍體搭配魔石，隨心所欲地組織魔物軍團。是相當充滿夢想的技能。

這些不過是舉例，S級技能存在著幾十種。

挑選技能之際，首先必須重視的是確保火力。所謂的勇者太超脫常軌，連在無防備狀態下都沒辦法靠正常火力傷到他。最起碼要有「對手在無防備狀態下用最高火力予以打擊就能將其殺害的火力」才行。

第二，得有泛用性與應用性。既然要殺勇者，任何意料外的事態都有可能發生，缺乏泛用性及應用性就沒辦法彌補。

根據這些考量，我選擇的技能是……

「【超回復】。只有這個了。」

S級：【超回復】

體力／魔力／自我痊癒力ｅｔｃ，令萬般回復能力上升。初期倍率一百倍，回復率隨熟練度上升。

……乍看之下似乎沒什麼大不了，然而能活到最後的是可以一路跑下去的人。能不斷補充在這個世界稱作魔力的彈藥也極富魅力，更不用怕受傷或疾病。

另外，睡眠時間也只要些許就夠了。體力回復得快，就可以多做鍛鍊，而且以這個世界的規則來想，回復力將是最大的利器。

假如沒有女神給的情報，我應該不會挑這項技能。

「A級技能的話，除此以外不做他想。」

A級：【編織術式者】

可以創造出魔法。

……在我要投胎的世界，魔法是神所賦予之物，能使用的魔法僅止於神創造的約百種。

然而，有這項技能就可以創造出新的魔法。

意思等於將無限可能性納入手中。

這項技能最能讓我活用此世具備的發達化學知識。

「在選擇【超回復】的時間點，B級技能也就自動定案了。」

B級：【成長極限突破】

所有的成長極限都會消失。

……看似效果強大，但是單靠這項技能並沒有任何意義，因此只能排進B級。身為

常人就無所謂突破極限，畢竟在劍與魔法的世界，就算花上一輩子也根本到不了極限。

即使如此，假如有【超回復】，可以靠無窮無盡的體力進行修練，這項技能就能散發光彩。

C級則是重視泛用性而選了【體術】。

獲得【體術】的才能與補正。

……儘管效果相較於【劍術】或【槍術】略遜一籌，然而暗殺者要懂得使用所有武器，即使上升幅度大，也用不到必須依賴特定武器的技能。

「會把這列在D級，難不成神並沒有什麼眼光？」

另外，D級我選了個有趣的玩意兒，雖然不強，卻可以靠用法翻身。

乍看之下是尋常無奇的樸素能力，但我篤定這會成為王牌。

◇

除技能之外還必須決定魔力屬性。

在這個世界具有土、火、風、水的基本四屬性，還有稀少的光、闇屬性，出生於世就會帶著六屬性其中之一，偶有身兼雙屬性。

魔法乃神賦予之物。

反覆運用各自具備的屬性，新魔法就會浮現於腦海，變得可以使用。

而我，選擇的是全屬性。

稀少屬性無法運用，能用的是基本四屬。而且，還有缺點。

可使用多種屬性，精進的速度便相對減半。

「既然精進速度砍半，做兩倍的練習就行了。既然有百倍回復力，苦不了我。」

與其著眼於熟練速度減半的缺點，我更重視可以運用四屬性的優點。

我花了兩天來決定技能與魔力屬性，但我不打算把女神叫來。

再多考察一天吧，或許能找出更好的搭配方式。

◇

雖然我考量了一天，結果還是用昨天選的那五項定案。

靠【超回復】與【成長極限突破】提升基本能力，然後靠【體術】讓身手俐落。

運用全屬性魔法，再靠【編織術式者】的力量創造魔法添增手牌，並且把最後一項技能當成底牌。

擁有暗殺者招數及經驗的我可以斷言，不會有比這更好的搭配方式。

女神現身了。

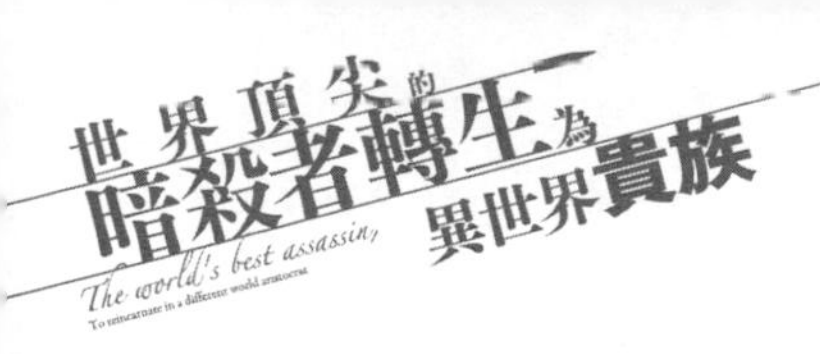

「看來你似乎找出了滿意的搭配方式。」

「嗯，我沒有找到比這更好的方案。」

「哦，以S級來說嫌樸素的【超回復】，A級也不太有亮點。至於D級，連我都忘記有這樣的技能了……說真的，人類實在有意思。」

「挖苦人嗎？」

「我是在誇獎你喔。畢竟光是把簡單易懂的強大技能疊在一起，也贏不過像勇者那樣毫無限制地將技能疊了三十項之多的怪物。」

勇者的體能、魔力本來就超脫常軌，還擁有三十種與生俱來的S級、A級技能，其中起碼有五項屬於S級，這些在我獲得的知識裡都有提及。

我對S級技能的異常強度有理解。

靠「戰鬥」的話，確實再怎麼掙扎也無法取勝。

然而，靠暗殺的話，若經過鍛鍊與細心的準備應該可行。

……因為我就是一心想著要怎麼殺那個身懷三十種S級、A級技能，將協同效應發揮至極的勇者，才選了這些技能。

「來，要轉世了。因為是帶著現在的知識與人格變成嬰兒，你應該會感到折騰，哎，請忍一忍吧。不過在暗殺世家圖哈德那裡，你應該不會無聊就是了。你媽媽還是個美女呢，吃奶的時候可不能露出一副下流的臉喲！會嚇壞她的。還有，我要忠告你一句，小孩用那種口氣講話會讓人聽了不舒服，趁現在改掉比較好喔。」

女神不等我回話便彈響手指。

身體逐漸轉變成光粒。

接下來我將獲得新生。

但願暗殺世家圖哈德能讓我取得最起碼的營養，也有可以確保鍛鍊時間的環境。

Episode2

第二話 暗殺者領略家訓與暗殺世家的規矩

The world's best assassin, to reincarnate in a different world aristocrat

有人幫我擦拭身體，還用柔軟的布裹住了全身。

……這麼說來，女神曾提到要投胎轉世，我日前的講話語氣會讓人聽了不舒服。從自稱時的老成感改起吧。

我想挪動身體，卻沒辦法照著自己的意思使力。

一睜開眼，視野十分模糊。

眼睛慢慢對焦了。

映入眼簾的是個銀髮貌美的女子，我被她抱著。

從剛才開始，女子就使勁拍我的背，唸著：這孩子再不快哭可不好。

有種憋不住的感覺。我任由那股衝動放聲哭了出來。

而女子緊緊將我擁入懷裡。

「我可愛的盧各。」

嗯，我的名字好像叫盧各。

由於連脖子都還沒有長好，我沒辦法環顧四周，但是從疑似母親的人物的健康狀況以及裏嬰布，還有視野所見的各種家具來看，可以推測我出生在富裕人家。

我之所以聽得懂她講的語言，不知道是否該歸功於女神賦予的情報。

正好這時候女神的聲音在我腦海裡響起。

『為了確認情況，這是僅限今日的特別優待喔。你要好好地學會語言。』

傳來腳步聲，有幾個人走進房間。

「平安生下來了嗎，艾思麗？」

「是啊，祈安。是個健康的男孩……祈安，這孩子也會被養育成圖哈德嗎？」

「這個國家需要圖哈德。有的病灶只能靠暗殺拔除。」

「……我不要那樣。我怕連這孩子也會像盧馥一樣離開我們。」

「變強就能避免，錯誤不會重演。我同樣不希望再次失去自己的孩子。」

嚴厲而無情的說話聲，但是在言語背後卻有一絲絲溫暖。

推測起來，叫盧馥的是我哥哥或姊姊，而且人已經因為圖哈德的行業而喪命。

生在從事危險行業的人家不盡然是壞事。

前世我身為暗殺者的技術與知識，僅僅用於殺害體能在人類範疇內且不具有魔力的對手。

然而要殺有魔力的對手，暗殺世家圖哈德應該自有其訣竅，那是我最想要的東西。

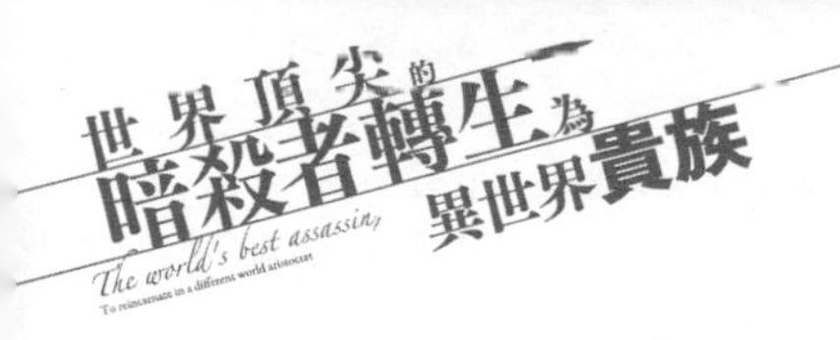

何況既然是貴族世家，生活富裕便容易確保鍛鍊所需的環境與時間。

「祈安，我聽你的。可是，假如連這孩子都失去了，我在這個家就再也……」

「我跟妳約定，我不會讓盧各死。」

母親抱著我，在眼前跟父親接吻了。

結束以後，他們倆便吻了我的臉頰。

……聽到自己會出生在所謂的暗殺世家時，我便沒有期待過雙親的愛，沒想到我的父母居然這麼正派。

對於被組織養大的我來說，愛情這東西從懂事起就只是用於勾心鬥角的道具，作戲罷了。

但是不知道為什麼，雙親對於彼此，還有對我投注的愛，有些讓人害臊……我竟然覺得那是崇高而真實的愛。

在這裡，或許我可以學到何謂愛。

暗殺用不著那些，可是，想活得像個人而非道具就會有必要。

◇

從我投胎以後已經過了五年。

靠幼兒的身體學語言及文字得花些工夫，在能正常學習以前費了我兩年之久。即使如此，相較於普通孩童還是太快。

多虧如此，父母和傭人都嚷嚷著稱我為神童。起初我為了避免讓人覺得有古怪，還打算壓抑自己成長的速度，但是我再怎麼早熟，身邊的人們都會純真無邪地感到開心，因此我便停止節制了。

不過，我只有在講話方式及舉止方面一直表現得像個孩子。

扮演父母期望中理想的小孩，既是為了維護舒適環境……令人訝異的部分在於，這也是因為我喜歡上這對父母。

長到五歲，我能做的事情變多了。

【超回復】對我有莫大恩惠。

年幼的身體很容易累，但我一疲倦就會開始回復，肌肉痊癒得也快，鍛鍊過的成果很快就會反饋到身上。我的力氣跟同齡小孩是在不同的層次。

目前我待在書齋。於貴族中保有格外豐富的紀錄，還從世界各地蒐集書籍的圖哈德家書齋存放著許多吸引人的情報。

「圖哈德家的內幕，比想像中還深。」

暗殺世家圖哈德家是大陸上的四大國家之一，亞爾班王國的男爵世家。

男爵在貴族中的地位從底下數會比較快，並沒有廣闊領地。

然而，圖哈德卻是富裕人家。

表面上是亞爾班王國首屈一指的醫術名家，受了王室與大貴族的委託在國內到處奔走，還以出色醫術為人進行治療而得到高額報酬，更藉此建立人情。

同時，背地裡則從事著唯有王室及某公爵家才能委託其動手的暗殺生意。用名為暗殺的手段來拔除對國家不利的要素。

生與死。藉由支配兩者，位居男爵卻又擁有強大發言權以及財產。

「……我們家歷代祖先都很優秀。暗殺生意傳了七代，也還沒有垮。」

那代表圖哈德家握有內情一旦曝光就足以讓這個國家翻天覆地的祕密。為保住祕密，這個家即使隨時被國家切割也不奇怪。應該要找出對策。

「那麼，今天先讀到這裡吧。」

將書本闔上之後，便有敲門聲傳來。

「盧各少爺，老爺在找您。」

時間已經到了嗎？

在圖哈德家，從幼兒時期就會施教促進大腦活性化，並且定期掌握體能，輔以強度適當的運動，再加上運用魔力的練習，所做的教育極為合理。

然而長到五歲以後，正式訓練隨之開始，門檻就一舉提高了。今天也來偷學父親的招數吧，從父親身上可以學到不少。

◇

今天似乎要用到位於地下的設施。之前我都被禁止進入這裡。

「盧各，接下來我會揭曉我們圖哈德家的優秀醫術，以及暗殺術的祕密。在那之前，你先將圖哈德的家訓道來聽聽。」

「圖哈德的技藝，只為亞爾班王國的繁榮而在。」

「那麼，圖哈德的醫術為何對國家有益？」

「為了保住優秀之人的性命。」

「正是如此。我們無法創造些什麼，但是，只要保住優秀之人的性命，獲救之人就能讓這個國家變得更好。那麼，圖哈德的暗殺術為何而在？」

「為了除去國家的病，將構成病灶之人及早切除以降低損害。」

我毫不停頓地答出從父親口中聽過好幾次的圖哈德家信念。

救活對國家有用之人，殺掉為害之人。操控生死讓國家繁榮至今。

「正是如此。萬一有貴族利慾薰心，引發了叛亂，就算能將其鎮壓也會傷痕累累，因為這個國家的民眾將相互廝殺。然而，靠我們便能防範於未然……哪怕是法律無法制裁的狡獪狸貓，也逃不過暗殺。」

圖哈德之刃主要都對著自國權貴。

貴族在這個國家擁有強大權力。他們靠這種權力逃過法律制裁，同時又長於自保，縱使是王室也無法隨意對他們出手……而這樣一群人，只要從物理上用圖哈德之刃予以殺害，處分起來也就無關權力了。

接下來我將學到成事所需的能力。

「盧各，任何武術修練到最後，都會開始模仿醫學。」

「應該是的。想要有效率地把人弄壞，就要熟知人體才可以。」

所謂武術就是透過理解人體構造，主動而確實地出手，並且有效率地針對人體脆弱性將人弄壞的方法而已。

「在我看來，那些武術家的招數不過是兒戲，他們對人體太過無知。然而，圖哈德家不同。正因為對人體有真切的理解，殺起人才會比誰都高明。在這世上，殺人最有效率的便是醫生。」

往地下走，有規模龐大的監牢，還有許多人被囚禁在裡頭。

「這些人是從我的領地以及他人的領地蒐集而來的死囚，同時也是我們圖哈德家的教材。」

「原來如此，殺了也無所謂的人。沒有比這更方便的教材呢。可以當醫術的範本，也能用來練習殺人。」

我對圖哈德家的評價提高一階。難怪家中醫術發達，身為暗殺者的實力亦能增進。

要學習怎麼把人治好與弄壞，沒有比拆解過再修、弄壞了再殺更有效率的方法。

前世的那些醫生要是知道有這種事，應該會打從心裡羨慕吧。

他們想用人來測試新藥、新的手術方式，卻只能拿白老鼠代替。

假如醫生們能盡情用人類當教材，醫術早就有幾百年分的進步了。

「……盧各，你不覺得驚訝呢。當我五歲被帶來這裡時，曾感覺到恐懼，還從人道觀點批判了我爹。」

「我是會感到抗拒，不過從邏輯來想就可以接受。」

「你果然有天分。居然才五歲就具備這等知性及邏輯性思考，將來令人期待。在地下值得記念的第一堂課，會教你殺人。我要你殺足五個人。刀子給你，手段由你決定，你大可隨意下殺手。對方喝過肌肉鬆弛劑，無法抵抗……最後的問題來了。我要你思考這次殺人有何意義。」

只是殺害動彈不了的人，只要用刀，連五歲小孩都辦得到。

大概是要我透過實踐來學習有效率的殺人方式，但是以意義而言尚嫌薄弱。

「為了適應殺人？為了不在正式上場時遲疑，要先多殺一些人練習。」

「答對了。生而為人，對於殺人會有強烈的抗拒。抗拒感之強，甚至會讓上戰場的士兵在搏命間遲疑是否要置敵國士兵於死地。照我從軍方熟人那裡聽到的說法，初次上陣就能毫不遲疑地殺人的新兵，每三人中會有一人……因為遲疑而喪命的人也不少。」

「我明白了。我會趁現在適應殺人，以免在正式上場時遲疑。」

我立刻在父親領我走進的房間裡，朝動彈不得的死囚靠近。

「在動手以前，我有問題想要問爹爹。」

「准你發問。」

「為什麼要把我養育得對殺人有所遲疑呢？娘唸給我聽的故事書裡，有提到生命寶貴；爹則教過我要關愛鄰居……這些都是會妨礙殺人的感情。」

在前世，組織曾教我人命毫無價值。正因為如此，我至今殺人都沒有遲疑過，也不曾有罪惡感。

然而，圖哈德家卻想為我培育健全完善的心。

那是我在前世所沒有的東西，也是我在這個世界才獲得的東西。

不過，我也覺得這樣使我心中的那把刀變鈍了。

「如果沒有常人的價值觀，你就無法深入解讀他人心思。人性是暗殺必須的武器，而且我們並非道具，而是人類，不能光會奉命殺人，要自己判斷怎麼做才對國家有益，進而在信服之後動手。這你可不能忘記。我養你，是要你成為具備心靈，懂得當為則為的暗殺者。」

「我現在一半懂，一半不懂……所以，我會繼續思考。」

帶著會讓心思遲鈍的溫情變強。

這種變化肯定是可喜的才對。

因為我跟第一輪不同，活得像個人，而非道具。

那麼，做我該做的事吧。

殺人讓我遲疑、讓我有罪惡感，都是頭一次。

但是，我不會逃避。

因為這是以盧各·圖哈德這個身分活下去所需的儀式。

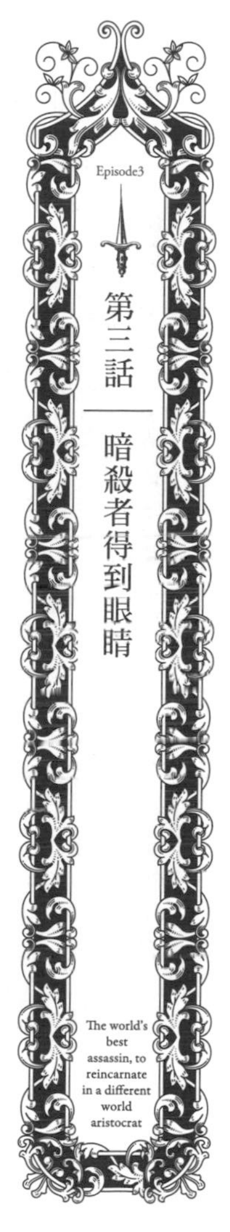

我七歲了。

多虧父親訓練，還有【超回復】與自主訓練的關係，我的體能有進一步提升。

而父親藉由醫療知識，頻繁地考察過我的身體，便察覺到【超回復】存在，最近都是以此為前提來要求我訓練體魄。

今天則是進行狩獵訓練，我正在領地內的山探索。

這樣兼能訓練我覓食。在山中走跳鍛鍊體力與敏捷性，透過打獵來練習隱藏動靜還有跟蹤技能，並且磨練一擊取命的技巧。

野生獸類對於動靜比人敏銳好幾倍。能趁野生獵物不備而一擊殺之，要暗殺人類就容易了。

未經開墾的山上並沒有道路，草叢茂盛，光走路就得費一番工夫。

我挑好行進路線，為了避免錯失獵物而細心觀察對方留下的些許蹤跡。

「今天的獵物決定了。」

兔子糞便，而且還很新。撥開草叢前進以後，有足跡留著。

亞爾班這裡的兔子叫亞爾特兔，尺寸相當於大型犬，可以讓人飽餐一頓。

我迅速穿過林木之間。

以魔力環身來強化體能，讓自己化成風。

我還不會施魔法，但已經學過魔力的用法。

途中我改用飛躍在樹枝上的方式移動。

把樹枝當立足點會折斷，但是在腳蹬上去的瞬間用魔力包覆，樹枝就不會斷。

感覺不錯。魔力操控起來就像呼吸一樣自在。

發現獵物了。約莫三十公尺前，有肥碩的兔子正在挖山芋吃。

在下風處不會讓氣味傳過去，但是兔子耳朵很靈，靠近會被察覺。不能再更近了。

我一面隱藏動靜，一面用腿懸在樹枝上，並且拉滿原本揹在身後的弓。

特製的弓弦緊得連壯漢都拉不開。是以強化體能為使用前提的弓。

箭飛射出去……我在放箭的瞬間便確定會中。

正如預料，一箭貫穿兔腦袋，斃命。

「好，這樣上午的成果就達標了。」

我從樹木縱身而下，動手將肥碩的兔子放血並解體，然後用樹皮包起來裝進背後的籠子。

回家路上，我還順便採了一些果實、山菜與菇類。

◇

「小盧，今天讓娘來煮飯。」

「我們應該講好了，有帶獵物回來的日子就是由我煮飯啊。娘坐著吧。」

回屋裡後，我立刻在廚房用今天的獵物做起午餐。

那是為了吃到美味的食物，也是為了將身體養壯。

想讓身體強健，就要了解營養學，也必須注重飲食才行。

運動員從小就有安排專屬的營養師，將飲食教育做到澈底並獲得強壯的身體。

飲食教育方面的知識，就連圖哈德家也知道得不多。

所以，我每幾天會自己做一頓飯，攝取不足的營養素。

平時我都盡量聽母親的話，但今天我不會讓步。畢竟在身體發育完畢前，飲食教育才有顯著的效果。

獲得強壯的身體是第一要務。技術學得再多，最後仍要靠體力出頭。

「唔唔唔唔唔～～」

鼓起腮幫子的母親顯然在鬧脾氣，當我正愁該怎麼辦時，父親出現了。

「艾思麗，交給盧各就行了吧。他對圖哈德家的技術掌握得很快，學起做菜也一樣靈敏。他不會煮出怪東西的。這應該要歸功於妳教得好。」

「我不擔心做出來的料理，我想小盧肯定會煮得很美味。他廚藝好，我身為娘也覺得驕傲，但是他接連想出妙主意，會讓我這個當娘的面子掛不住耶。」

母親瞇起眼望著我。

「娘，妳誇過頭了啦。我做的料理還比不過妳。」

「哦，妳兒子不只有料理天分，還有說恭維話的天分啊。」

「真是的，祈安你好過分！」

幸福家庭的光景。

母親總是這樣，而父親在工作及訓練以外也會露出溫柔的臉孔。

……絲毫看不出他是冷酷的暗殺者。這同樣是身為一流暗殺者的證明。

直到殺害獵物那一瞬都不會讓人起戒心，平時反而扮成性情和藹，讓人不會去提防的形象。不過以父親的情況來講，卻又好像單純只是疼老婆又溺愛兒子。

我在煮的是奶油濃湯。

兔肉的滋味就像雞肉一樣淡，搭配濃厚調味正合適。美味關鍵在於自家製乾香菇熬煮的芳醇湯頭，還有早晨現擠山羊奶及用那製作的奶油。

加了香菇、根菜與羊奶，還有滿滿兔肉的濃湯，從可以攝取到成長所需的全套營養

素這點來講也是完美無缺。

「小盧幫家裡製作的鍋子果然好方便呢。花幾十分鐘就能做出香醇入味的濃湯，這根本是魔法，會讓人懷疑以往煮濃湯花上好幾個小時的那段日子都在忙什麼耶。」

「壓力鍋並不是魔法喔。我只是試了自己在書齋讀過書後想到的點子而已。」

壓力鍋原理單純，在密封後加熱以免氣體和液體散失，藉此施予高於大氣壓力的壓力，製作起來並不算難。

「可是，在我看來就是魔法喔。」

「盧各果然腦筋靈光。我也知道壓力這種概念及其帶來的現象，卻沒有想過要活用在烹飪上面。思緒靈活對暗殺者是必須的喔。」

……這對父母寵起孩子就像傻瓜一樣，事事都要誇我，因此很令人害臊。

東拉西扯之間，又白又稠的奶油濃湯煮好了。

去年開始買來飼養的好幾頭山羊奶量豐富，因為有大量羊奶與奶油可以用，這道菜色才定了下來。

「爹，娘，請坐。我們來用午餐吧。」

一家團聚的這頓飯要開動了。

◇

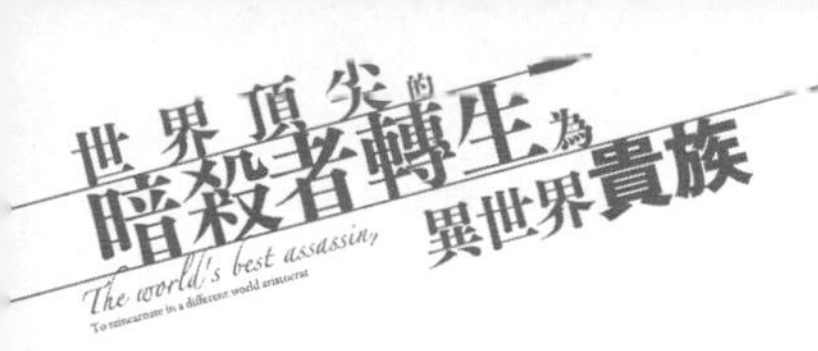

圖哈德家以貴族而言，罕見地都是由母親或我下廚，因為母親喜歡烹飪。

大約兩年前，我告訴母親自己想下廚，她便滿心歡喜地教了我……然而，這陣子她老惦記著廚藝不能被兒子趕過，競爭心都上來了。

這話由身為兒子的我來說也不太適當，但我認為她是個十分年輕可愛的人。

不過，我只求她別過度把我當小孩。像之前她還問：「好久沒餵奶了，小盧要不要喝奶呢？」聽得我頭都昏了。

將料理擺上桌。

加了大量兔肉和香菇的奶油濃湯配沙拉跟麵包。

以貴族的餐桌來說算質樸。這也是圖哈德家的日常光景，麵包與主菜，再加上副菜、沙拉和湯品，菜色大多都是這樣組合，偶爾還有附點心的日子。

「小盧的特製濃湯果然是絕品。居然想得出這樣的菜色，或許小盧是天才喔。」

「我也這麼認為。這道濃湯在王都也見識不到，端出去能賣錢的。」

「爹和娘都說得誇張過頭了，這又不是多講究的菜色。」

「是小盧太謙虛。對了！今年收穫祭就用這道菜招待領民吧！我想大家肯定都會很高興！」

「嗯，我贊成。用這道菜招待所有領民，也可以控制在收穫祭的預算之內。還有，我要讓這成為領內的名菜，得讓我們領地的民眾都愛上這道菜才行。」

看父親對兒子疼愛成這樣，有時候我會懷疑：這個人真的是暗殺世家圖哈德的當家之主嗎？

不過，我並不排斥。被這些人所愛，當他們的兒子苦不了我。

何況在第二次的人生中，用餐的樂趣簡直與第一次的世界在不同次元。

烹飪我從前世就還算熟練。潛入獵物所在的派對會場之際，廚師是個方便的職業，因此我常利用，由於有必要也弄到了技能與執照。

當時做的料理，還有為了研究而吃過的料理，味道應該都比這道奶油濃湯好。

即使如此，還是今天的飯好吃。這要歸功於第一次人生中不懂得的感情吧。

用完餐以後，母親為了收拾，拿著餐盤去了廚房。

沒下廚要負責收拾是我們家的規矩。

父親正一臉嚴肅地診察我的身體。父親每週會找一次時間，在下午的訓練前確認我的身體成長了多少。他是藉此來決定訓練內容的。

「發育到這種程度就可以動手術了。盧各，我要將圖哈德的魔眼傳給你。」

我嚥下口水。

終於嗎？我只有從書齋的資料了解其存在。

我的髮色遺傳了母親的銀髮，可是眼睛跟父母都不像。母親是鮮豔的藍色，父親則有著灰色的眼睛，而我卻是黑眼睛。

這是因為父親後天性地從黑眼睛變成了灰色眼睛。

那正是圖哈德的魔眼。

用上好幾百名死囚做人體實驗以後，才完成了這種將特殊眼睛賦予他人的手術。

運用魔力的手術方式難度極高，但施術成功就能獲得高性能的眼睛。

「爹，拜託您了。」

「你怕嗎？」

「不，因為我信任爹的手藝。」

沒有錯，儘管父親在一家團聚時是這麼寵小孩又溫柔，但換成以圖哈德身分行動之際仍是個真高手，這點我是明白的。

「放心吧。我定會讓手術確實成功。」

身為圖哈德當家之主的父親已待在那裡。

只要其職責尚在，父親就不會失敗吧。

◇

臉上纏了繃帶，視野被漆黑掩蓋。

手術在我沉睡之間結束了。

託【超回復】的福，父親判斷我已經痊癒到可以解開繃帶了。

父親取下繃帶，我睜開眼睛，視野的變化便令我訝異。

視力得到強化了，不只可以看見遠方的東西，還有看清移動物體的動態視力以及司掌遠近感的深視力。

除此之外，我可以看見魔力了。一般而言，魔力無法用眼看見，只能感應到大概。

可是，我隱約看得見從自己身體迸發的魔力。試著將那集中於一點就能明白魔力的動向。

能看見對手魔力的流向，就可以將起手式看透並且迅速應對。

簡直可說是作弊的眼睛。

不過，由於看得太透徹，腦部正因為無法追上一舉增加的資訊量而叫苦。

再隔一陣子，靠【超回復】與【成長極限突破】的能力，腦部應該就會成長到可以承受那些資訊吧。

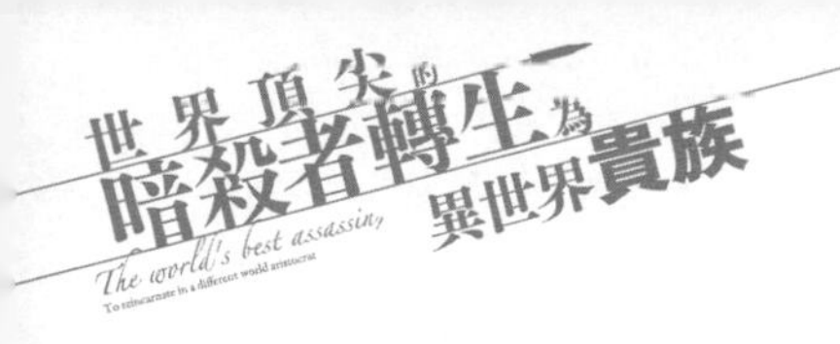

「爹，我看得好清楚。」

「那我就放心了。這套手術方式，我遲早也會教給你。盧各，因為你將來也要替自己的孩子施術。」

「是的，我必會繼承下去。」

三代之前的當家創出了這套祕術。

在圖哈德家，這堪稱頂級機密。

「然後我有好消息。盧各，你一直盼望的事情終於可以實現了。」

「難道說，爹找到教魔法的師父了嗎！」

那是我盼望已久的事。魔法在缺少師父的狀態下學不了。

由於教授的一方需有特殊資質，父親和母親都無法教導我。正因如此，即使我將魔力操控得很熟練，也還是用不了魔法。

能靠【編織術式者】自創魔法的我就是希望及早了解魔法，並加以運用。

「嗯，老師下週就會來。這陣子，你要用心準備迎接。」

魔法，前生之世所沒有的力量。要殺勇者，那應該會成為關鍵。

不過我更有一股單純的興趣。學魔法這件事情讓我期待得不得了。

母親是個滿奇特的人。

身為貴族卻喜歡烹飪，而且相較於那些山珍海味，她更擅長家常菜。

她對奢侈也不太感興趣，珠寶及禮服都只有最起碼的貨色。

基於圖哈德家對外的職業性質，雪片般寄來的茶會和派對邀請函，母親也都是能避就避。

更而甚者，她還會自己動手縫製衣服。

「小盧，我覺得這衣服適合你耶。」

「……哈哈，確實很可愛，但我覺得像女孩子穿的，而且活動會不會不方便啊？」

母親把格外飄逸又裝飾繁瑣的衣服塞給我。

少女偏好的風格讓我不想穿，可是話說出口母親就會一臉傷心，因此我繞了圈子告訴她。

「咦～～小盧，你不想穿嗎？」

「呃，對不起。」

「好不容易才努力做出來的耶……我無論如何都想看小盧穿上去的模樣啊～拜託你！」

母親合掌低下頭求我。

沒完沒了，我就直話直說了。

「我覺得這件衣服是給女孩子穿的。」

「可是，我覺得小盧穿起來絕對合適！」

「娘也承認這是女裝了，對吧……」

「今天的晚餐，我會做小盧愛吃的特製烤鴨嘛。」

在這戶人家出生，我理解了被父母投注愛意養育的親情，對此我深深感謝。

所以，我努力想當他們的好兒子。

想歸想，可是這件活像女孩子穿的衣服……

母親用水汪汪的眼睛望著我。

「知道了啦，穿就穿。可是相對地，要幫我做烤鴨喔。」

「包在娘身上。趁小盧換衣服的時候，我去請畫匠過來。穿了可愛衣服就該畫下來才行。」

「……我可沒答應那麼多喔。今天是教魔法的師父來家裡的日子吧，讓對方等不好啦。」

「那倒也是呢。真遺憾。」

想到可以如願學魔法，我從早上就在盼望師父抵達，現在卻因為別的理由希望對方快點來。當我變成受擺布的換裝玩偶時，教魔法的師父就到了……謝天謝地。

「娘，妳滿意了吧？我差不多該換回原本的衣服嘍。得去接師父才行。」

「你在說什麼呢？穿這身衣服去啊，娘就是為此縫製的。」

當真？我用眼神如此表示意見，母親就點了點頭，還把我先前穿的衣服緊緊捧在胸口，以免被我搶走。

母親一副樂孜孜的模樣。

鮮少慌張的我不知所措，恐怕讓她覺得很有趣吧。

◇

傭人過來招呼以後，我前往會客廳。

在那裡，有個少女披著光看外型就曉得是魔法士的長袍，還帶了隨從。而她將長袍一脫，銀色秀髮便隨之流瀉。

我第一次看見自己與母親以外的銀髮。我認為這女孩十分漂亮。

問題是她的年紀，恐怕才十歲左右。

用年紀判斷不適當。像我也是個孩子，要解決本領普通的士兵照樣手到擒來。

實際上，她所懷的魔力很是強勁，遙勝於父親。

有能耐當魔法士肯定就已經是貴族或騎士，但這身魔力應該出自相當高貴的血統。

雖然也有例外，但父母不具魔力就生不出具有魔力的小孩，而父母魔力強大，生的小孩也會有強大魔力。

這個國家在傳統上始終都重用有魔力之人，越是高階的貴族，越會讓強大的血脈交融並產下強大子嗣。很多情況下，魔力之強與家世顯赫度成正比。

正因如此，儘管圖哈德的當家之主身為貴族，進行暗殺仍要親自出馬……畢竟只有貴族才殺得了貴族。

父親出現後，便要少女在沙發坐下來，他自己也坐了，我看就跟著坐吧。

香草茶端來了。

「勞煩妳在百忙中過來這裡，實在抱歉。」

「別介意。對維科尼來說，威名遠播的圖哈德是恩人嘛。雖然這恩人還兼當賊。」

「哈哈，說成賊就言重了。」

她提到「威名遠播」時別有含意。

恐怕是指我們家的內幕吧。連內幕都曉得的人相當有限，可是亞爾班王國應該沒有家名叫維科尼的貴族。她究竟是什麼人？

「呃，所以會成為我徒弟的就是那孩子嘍？之前我聽說是男生耶。」

「……我是男的沒錯。」

穿這套衣服果然會造成如此的觀感。真是拿母親沒轍。

「這衣服是我妻子的品味。」

「咦？啊，對喔。這麼說來，夫人以前就……咳，那且不提……我覺得令郎要學魔法，年紀還太小了喔。」

「盧各是特別的。或許妳無法相信，但這孩子才七歲，已經比我大多數的部下還優秀，無論於表於裡。他跟蒂雅小姐一樣是天才。」

「如果這話不是出自祈安．圖哈德口中，或許我會當成寵子過度而回絕。可以，我就用兩週教他基礎。只是，假如他的才智不足以向身為天才的我——蒂雅．維科尼求教，那教了也是浪費時間，修行就要立即打住喔。」

父親點頭。我若不展現才智，好不容易找到的師父就要飛了……鬆懈不得呢。

◇

我們沒有使用屋裡的訓練室，而是用中庭當場地。

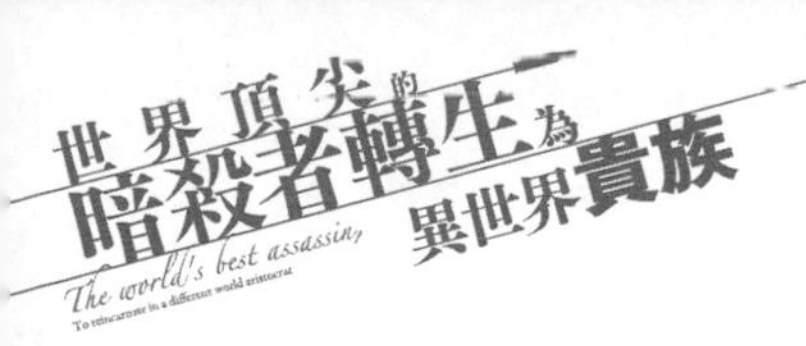

「做個自我介紹吧。我是蒂雅・維科尼，雖然才十歲，對魔法可比大人熟得多。」
「我叫盧各・圖哈德，在魔法這方面要請妳多鞭策指教。我今年七歲了。」
「好說。無論要學什麼，都先得知道你的魔力有多強。到頭來，如果不具備相當程度的魔力，教你什麼也都是白搭。」
蒂雅說著，就準備了無色透明樣似玻璃珠的道具。
「盧各，你會操控魔力吧？」
「我向家父學習過。」
「跟我講話不用客套，感覺好僵硬又有距離感。」
「畢竟蒂雅小姐是我的師父。」
「話是這麼說沒錯。你放輕鬆點啦。基本上，用魔法已經夠累人的了，居然還蠢到要為魔法以外的細節傷神。」
我對蒂雅的這種調調有印象。
……要說銀髮也好，長相也好，尤其她的氣質，更是和母親說不出地像。
「我明白了，那就別用敬語。然後呢，我該拿那顆珠子怎麼做？」
我停止用敬語，展現出自己不同於在父母面前時的本色。
感覺這麼做是最恰當的。蒂雅滿意似的微笑。
「握著，將魔力灌注進去，直到你魔力用盡為止。這樣就能知道你有多少魔力。」

開始灌注魔力的我嚇了一跳。這顆彈珠似乎具有累聚魔力的特性。

我一股勁地灌注魔力，持續不斷。起初蒂雅還點著頭誇獎「不賴」，經過一分鐘以後，她卻開始冒冷汗了。

「這樣的釋出量維持了一分鐘，你的魔力還出得來，未免太奇怪了！」

「我還有餘力。」

這不是謊話，我的魔力才用了五分之一。

證據在於像這樣流出的魔力絲毫沒有衰退。

「是、是喔。那麼，你繼續。」

「我明白了。」

之後我又繼續灌注魔力，三分鐘過去以後，蒂雅的臉已經完全繃住了。

……我的魔力量是常人的近千倍。我一再使用魔力，持續鍛鍊到了現在。因為從女神那裡獲得這個世界的情報時，我就曉得如何讓魔力量增加了。

魔力越是使用就越能提升。不過就算用到極限，能否提升０．０１％還是難講。

常人讓見底的魔力回復要花三天。

假設在一年之間，每當魔力回滿就全部用盡，魔力量能否提升１％仍不好說，而堅持不懈地持續十年頂多也才提升一成。要持續釋出魔力會相當疲勞，因此沒有人能如此勤勉。

然而，我的情況是靠【超回復】便能讓魔力以百倍速度回復，鍛鍊魔力的效率達百倍以上。由於體力也回復超快，釋出魔力的疲勞就苦不到我。

理論上一年可以讓魔力量變為三．三倍。何況【超回復】的回復率將隨著熟練度節節上升，效率會變得更高。

我時時都在排放大量魔力，因此與生俱來的魔力已經增長到一千倍了。假如沒有【成長極限突破】，應該早就面臨成長的極限……這正是我選擇【超回復】和【成長極限突破】的理由之一。

「不對，再怎麼說，你有那樣的魔力也太離譜了！」

「有就是有。不過我只是容量大而已，釋出量倒沒有那麼超脫常軌。」

然而，終究只是保有的魔力變成一千倍，一次能釋出的量雖然也靠鍛鍊而逐漸有長進，提升起來卻比提升魔力量難多了，約為常人的五倍。正因如此，我才對這種彈珠有興趣。

假如平時就可以預先灌注龐大的魔力，有必要時再把彈珠裡封藏的魔力一口氣解放出來，便能彌補以魔力保有量而言相對低落的瞬間魔力釋出量。

彷彿在呼應我的想法，彈珠發出劈哩的聲音，還有了裂痕。

剎那間，蒂雅的臉色先是一陣蒼白，接著就變得通紅。

「把那扔掉！盡可能用力！用全力往上扔！」

我把魔力全部轉用在強化體能，將彈珠拋得如天一般高。

雖說是七歲小孩，有圖哈德家的英才教育和【超回復】相輔相成，強化過的體能大為提升，何況我用了常人五倍的魔力強化身體。

彈珠在一瞬間就看不見了……並且在遙遠高空造成發出藍色光芒的大爆炸。

幸好有用全力扔。假如在地表附近炸開，威力足以讓房屋消失。

明明爆炸是在遙遠高空，空氣仍受到撼動，房屋隨之搖晃，還破了幾塊玻璃窗。

屋裡的人不清楚發生何事而鬧成一團，父親和母親都趕來了，父親朝蒂雅開口：

「蒂雅小姐，剛才那是？」

「對不起。我是想測定盧各的魔力。」

「換句話說，那是盧各做的？」

父親用銳利目光射穿蒂雅。

「不、不是的，不能怪他，都、都是我的錯。」

「我沒問妳那些。事情是盧各造成的嗎？這才是我在問妳的。」

「咦？是、是這樣沒錯。可是，錯不在盧各，是我的錯，要罵就罵我！」

即使蒂雅故作成熟，看來也還是個孩子，她一邊發抖一邊閉上眼睛。

她大概是以為會被一掌打在頭上吧。

可是，事情並不會變成那樣……因為父親根本就沒有生氣。

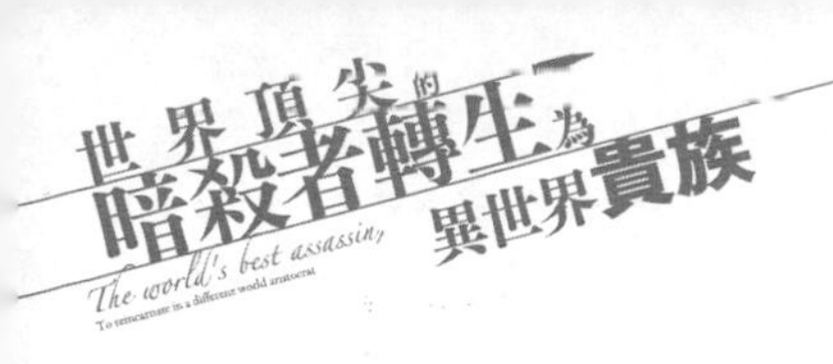

「那真了不起！艾思麗，妳聽見沒有？」

「是啊，不愧是我們的兒子！居然能使出威力這麼驚人的魔法！」

「嗯，但是用於暗殺並不合適。要說的話，這屬於用於戰爭較合適的魔法。蒂雅小姐，接著請教他適合用於暗殺的魔法。」

「是、是喔。欸……咦咦咦咦，請問，你不生氣嗎？」

「嗯，盧各首次用的魔法太精彩了。幸好有讓蒂雅小姐來指導。」

父親和母親開懷地笑著，並回到屋裡。

「呃，不好意思，我爹娘就是這樣。」

「……他們還真是處變不驚。」

蒂雅在遣詞上花了相當多心思。

「那麼，蒂雅，我們換個話題，告訴我在哪裡可以弄到那種透明珠子好嗎？那玩意兒太棒了，總之我希望多來幾顆。」

「那是我家領地的珍藏品，凡是那一類物品，都無法讓給其他領地的人喔。」

「嘖！」

「為什麼要咂嘴！」

「沒有，我是在想如果能大量弄到手會很方便。那可以做出厲害的武器。」

為了得到殺勇者的手段，除了鍛鍊魔法與肉體，我還做過許多研究。

其中一項就是研發槍械。

不過，要取得為此所需的火藥讓我花了不少苦心。假如只是製作黑色火藥，我蒐集到材料就可以自行調配，若換成性能更高的火藥，無論要蒐集材料或調配都有困難。

以這點來說，這種彈珠實在很棒。

此等爆炸的威力堪比戰車砲……不，我可以做出堪比艦砲的玩意兒。

「……你在各方面都有受到父母影響呢。可是，如我剛才所說，那不能交給其他領地的人。咳，總之呢，要測魔力是測不了嘍，知道你的魔力足以做任何事情就夠了。順帶一提，你自己覺得體內剩多少魔力？」

「這個嘛，剩三分之二左右。」

「令人吃味耶……不過，魔法士可不是光靠魔力量喔！來進行下一步。」

「我問妳喔，蒂雅。」

「什麼事？」

「那種珠子，真的不能給我嗎？」

「不行啦！」

果然，真可惜。至少我明白了一件事，那就是去蒂雅的領地可以弄到手。用盡辦法也要取得。只要能把東西拿到手，想取得高性能火藥，還有比容量小太多的瞬間魔力釋出量——兩邊的煩惱都能解決，離暗殺勇者應該會大有進展。

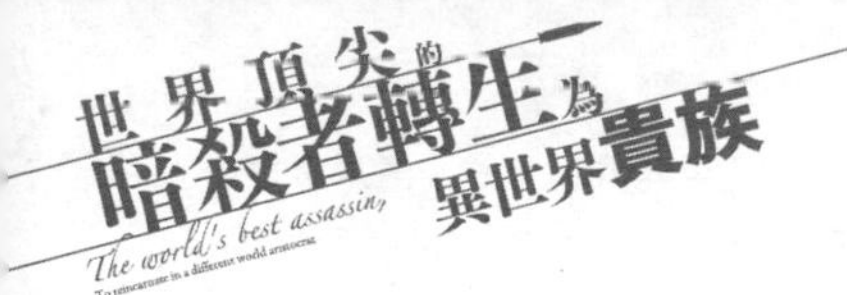

接下來，我要收斂心思。事前準備結束了。終於，我將有魔法可用。

蒂雅拿了新石頭來取代炸掉的彈珠。

光是測定魔力就會引發大爆炸，魔法比我想的還要危險。

因此，也可當成強力的武器。

只灌注魔力便弄成那樣了。

假如在引發爆炸這一點多下工夫，威力應該能更加提升……太棒了。我還是想要那種珠子。

「幹嘛一臉巴望地盯著？我不會給你的喔！」

「我現在才想到要問，那種珠子叫什麼名字？」

「琺爾石。」

在蒂雅的領地似乎挖得到，可採掘的地方想必不會只有那裡。找找看吧。

「盧各，我再給你一次，但你不能把琺爾石占為己有喔。這次你灌注少量魔力以後就還我。其實我們應該用測定魔力量的那顆石頭，可是因為炸掉了，只好重來一遍。」

「抱歉。」

「不會啦，你不用道歉，再說那是意外。來吧，趕快灌注魔力。」

我照吩咐灌入魔力以後再把琺爾石還回去。

蒂雅緊緊握住。

「呃，我們先從火試起喔。」

她祈禱了些什麼，透明石頭便發出紅光。

「盧各，你的魔力屬性是火。姑且還有雙重屬性的可能性，其他屬性也要試試。」

話一說完，石頭顏色又恢復透明，接著就變成水藍色。

「啊，好厲害，你也有水的適性喔。第一次看見除了我以外，還有人是雙重屬性，超稀有的喔。或許你可以感到自豪。」

「剛才那是？」

「對灌注在琺爾石的魔力給予各屬性的刺激，測試是否有變化。有適性就會變成各屬性的顏色。」

「原來如此，那麼剩下兩種屬性能不能也試試？」

「可以是可以……但我根本沒聽過有人具備三重以上的屬性。咦？你也有土的適性！不對，連風都有，四屬性，全屬性魔法士？真的有這種人存在？」

因為是女神讓我選的嘛。精進速度會減半，相對地全屬性都能為我所用。

「看來是這樣。魔力量和屬性都知道了，那麼，接下來怎麼做？」

「……盡是些難以置信的事情呢。呼～～不過，感覺好像也開始習慣了，無論你做什麼都已經嚇不到我。我會教你魔法的，仔仔細細喔。」

蒂雅剛這麼說就站到我背後，還將纖細的手湊到頸根。

「聽好嘍，你似乎從平時就在用魔力，但魔法是另一種東西。要用魔法就必須將魔力做屬性轉換……我會幫你這個忙。第一次轉換屬性會構成強烈的體驗留在記憶裡，所以要是讓技術差的師父來指導，就容易養成怪毛病。」

「妳並不是技術差的師父吧？」

「我保證會帶給你比任何人都美好的初體驗。」

有股不可思議的力量從頸根流入。

為了讓灌注於琺爾石的魔力起變化，蒂雅正在直接轉換我體內的魔力嗎？

「專注，最初是土，我所擅長的屬性。用肌膚感受魔力的變化，然後銘記在心。」

我照著吩咐，閉眼感受體內魔力的變化。

逐步體會魔力經過轉換而改變型貌的感覺。

舒服暢快。我沒有讓蒂雅以外的人這麼做過，所以也無法比較，但是她的技術似乎很高明沒錯。

不過，那種舒暢也有完結的時候，蒂雅放開她的手。

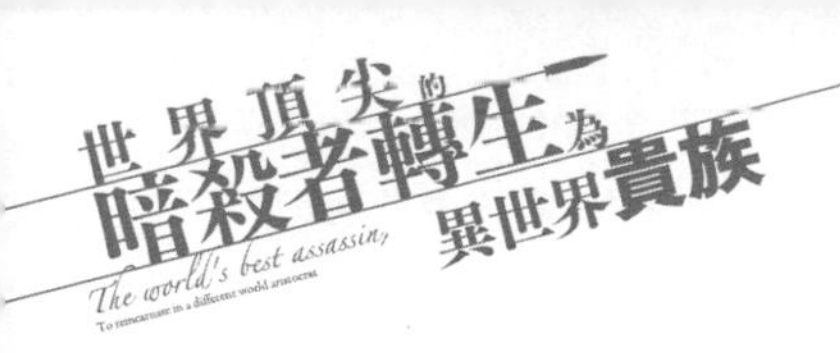

「你已經記起來了吧。試試看。」

「謝謝妳給我美好的初體驗……多虧如此，我大致明白了。像這樣吧？」

如同蒂雅引導我做的，我將無色魔力轉換成土屬性。

「仍嫌粗糙喔。即使魔力龐大，沒辦法靈活轉換就沒意義了。一般頂多達到六成，不過，既然是我教你的，轉換率起碼要有八成才可以。」

只有轉換過屬性的魔力才能用於施魔法。

這表示沒能轉換的魔力將全數耗失。

原來如此，難怪父親要嚴選師父。

假如被技術拙劣的師父教出壞毛病，該名魔法士一輩子都會苦於屬性轉換的耗失。

我自己試過就懂了，蒂雅隨意施展的屬性轉換有多麼高妙。

頂尖的範本。趕緊回想起來她的那套技藝吧。

「唉，雖然你要練也沒那麼簡單就是了。這要修行好幾年……欸，好厲害，你已經進步成這樣了！」

「因為有好的範本啊。就算這樣，我還是遠不及妳。」

「頭一天就被你趕上的話，我要把自尊擺哪裡啊！明明我可是被人形容成天才的耶……轉換魔力屬性既基本又深奧，你每天都要練喔。呵呵呵，這根本沒有盡頭的。何況你有四種屬性，我想會辛苦四倍吧。」

不可思議的是，土屬性轉換會了以後，另外三種屬性，我大致也曉得該怎麼用。每天逐步練習吧。

當我提升土屬性魔力時，腦海裡便有沒見過的文字般圖樣浮現。

「啊，看你的表情，是學到魔法了吧？」

「這就是……魔法嗎？」

「嗯，身上懷有一定程度的屬性魔法以後，就會從神那裡獲得啟示而學會魔法。」

「……腦海裡確實有浮現出來，不過，這要怎麼使用？」

光有意義不明的文字排列在一起，我連唸都不會唸。

「一邊提振屬性轉換完的魔力，一邊唱誦……將腦海裡浮現出的文字讀出聲音。你看著。」

蒂雅以美妙嗓子將我聽不清的字音串成詩句。

發音、腔調都和這個國家的語言完全不同而異質。唱誦結束後，鉛塊便在她的手中形成。

「土屬性最先浮現的魔法就是這個喔，製造鉛的魔法。魔法用越多次，腦裡就會逐漸浮現新魔法。神會賜予新魔法。目前我製造了柔軟的鉛，但是經過鍛鍊以後，也可以製造出堅硬的鐵喔！」

鐵固然比較硬，但是鉛說起來並非鐵的低階版本。

不過，反覆使用屬性魔法，腦裡懂得的魔法就會逐漸增加，這倒有意思。

「我也想試試，但是這種奇妙的文字……或者說圖案，我不會唸。麻煩妳教我腦海裡浮現的這種文字要怎麼唸。」

「嗯，那是基本功。魔法符文的命脈就在發音！因為發音正確度會影響到精準度與威力。」

「屬性轉換，以及唱誦的技巧，雙方面都重要是嗎？得下的苦心還真不少。」

「既麻煩又有弱點，甚至有很多人就因為這樣而完全不用魔法呢。」

「這是真的嗎？光看妳剛才用的製鉛魔法，我倒覺得很方便。」

畢竟鉛塊用扔的就足以當武器，應該還會有更方便的魔法。

「我說過有弱點吧，具魔力的人在戰場上可以發揮百人份的力量，那是因為他們令魔力環身來提升體能與防禦力喔。不過，唱誦時是將魔力灌注於魔法，所以體能和防禦力都會變得跟一般人無異，很危險的。」

確實很危險。在兵刃可及的距離變得毫無防備這一點尤其致命。

即使如此，魔法還是有其可能性……何況，我獲得了【編織術式者】這項創造魔法的力量，不用可惜。

有製鉛魔法，還有比這更高階的魔法可以製造鐵。

既然如此，靠【編織術式者】改寫術式，不就可以自創更適合用於戰鬥的金屬製造魔法嗎？

比方說，具備幾乎跟鐵一樣的硬度，重量卻只有六成左右而適合做武器的鈦。

超重且超硬的鎢。

用鈦製作輕巧堅固的揮砍武器，用鎢製作超硬又有貫穿力的長槍或子彈，就可以讓戰力大幅增進。

憑這個時代的技術，頂多只能用富含雜質的劣鐵製作武器。

光是有更強韌的金屬武器可用，便能帶來可觀優勢。

能讓金屬無中生有本來就堪稱一絕。舉例來說，只要在高高躍起以後製造超重的金屬，將它往下砸就可以造成驚人的動能。

以火屬魔法的爆炸讓土屬魔法製作的子彈飛射出去，就可以模擬槍械。

如果能用魔法製造琺爾石，隨時都造得出高火力的炸彈。

才一種魔法，便有如此的可能性。學到其他魔法應該會催生更多的點子。

「呃，你從剛才就一直在賊笑，是怎麼了？」

「是嗎？不好意思，我有點分心。」

光思考就讓我雀躍起來了。

首先要通曉魔法符文，學會發音並務求唱誦完美。

有辦法將普通的魔法詠得十全十美，才能夠加以應用。

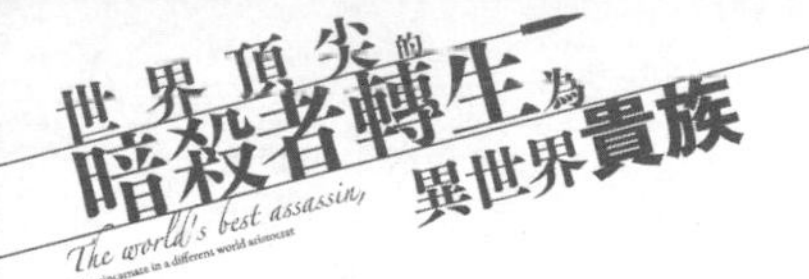

蒂雅應該能將發音教到完美吧。

我開始向蒂雅學魔法符文了。

魔法符文有三十六種，記住單音後再學習依文字排列而改變的發音。雖然我不只想學發音，還希望了解魔法符文的含意，但她似乎對那些不清楚。

……看來要用【編織術式者】創造新魔法得下苦功了。

假如不明白魔法符文的意義與規則性，根本不可能寫出新的術式。

話說回來，蒂雅真的是個好師父。

發音優美動聽，異質到甚至難以用文字表達的讀音，在她口中唸起來毫無窒礙。

有三十六種字母的魔法符文讀音，還有以特殊拼法構成的一百一十四種發音變化，我全部都要聽。

蒂雅唸過以後，我把那些統統複誦了一遍。

「為什麼才聽一次，你就記得起來嘛！」

「我對記憶力有自信。雖然舌頭跟不上。」

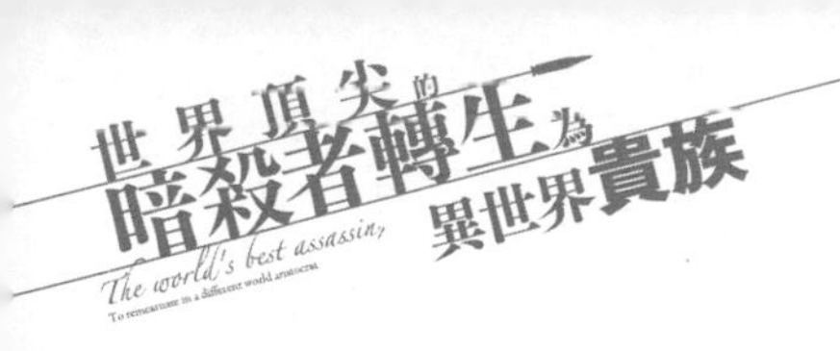

後天要加強記憶力也有其訣竅，我當然都實際運用過。

非但如此，還有魔眼持續以大量資訊對腦造成負擔。具備【超回復】和【成長極限突破】的我，腦部已經進化到可以承受負荷，記憶力之強是掛保證的。

可是，我自己的發音跟蒂雅的發音一比，仍顯得笨拙。由於要用到平時不會用的肌肉，導致舌頭不靈光。

「唔，真不服氣。明明我花了好多工夫才學會的……總之，學會文字的發音以後就可以唱誦嘍。你能用的魔法只有一種，所以我先唸給你聽。」

蒂雅特地將土屬性最初的魔法，也就是製鉛魔法寫出來，並且一邊用手指緩緩輕撫一邊發音，鉛就從手掌製造而出了。

接著她催我試試看，因此我點了點頭，將符文唸出聲音。

魔法勉強成形，製造出鉛，但我還需要多精進。

我用魔眼看過自己和蒂雅發動的魔法，跟蒂雅相比，我耗失的魔力較多；而且蒂雅製出的鉛是立方體，我的就形狀扭曲，以花費的魔力來講也比較小塊。

「這就是魔法嗎？好玩耶。」

「我第一次用時也很興奮喔。因為只要不斷使用，新的魔法就會浮現於腦海。」

「不必等其他魔法浮現於腦海，將別人寫下來的符文唸出聲音，不就可以用了嗎？只要灌注魔力唸術式，應該就會發動吧？」

「要不要試試？我先寫好土屬性的魔法符文……然後你試著唱誦就行了吧？」

「呃，光是發動的話不成問題。」

術式長度與方才幾乎一樣……倒不如說，術式有九成五的內容相同。蒂雅大概是為了方便我唱誦，才挑了這種雷同的魔法吧。

魔法完成後，金屬就與剛才一樣製造而出。這次是鐵。

「不會吧，你真的辦到了……不可思議。聽你一說會覺得是當然的道理，以往怎麼都沒有人想出這樣的點子呢？」

如蒂雅所說，都沒人發覺就怪了。在這個世界，說不定只能使用神賦予的術式……受這項規則影響，或許便有除了【編織術式者】以外「想不出那種點子」的機制。

而且，鐵與鉛的術式發動後，使得我靈光一現。

製鐵和製鉛的術式有九成五相同。

由此來想，有差異的那零點五成內容自然是在指定要製造什麼金屬吧。

……將這零點五成的部分改寫，不就可以製出想要的物質了嗎？

只是，即使曉得差異在哪裡，我也不知道該如何改寫。因為我不懂魔法符文與式子的含意。

就算這樣，要釐清還是有辦法。

「蒂雅，我有事拜託妳。我希望妳將自己知道的術式全寫出來，並且實際演練，再告訴我有什麼效果。」

抽絲剝繭地分析各種術式與效果。

光是分析兩種術式也能將式子的含意推敲個大概，不過多比較幾種術式的效果，找出共通點與差異，在解讀魔法式的意義上會更有效率。

魔法的範本數目越多，精確度越高。

「唔哇，那會是大工程喔。」

「我還是想拜託妳。鐵與鉛的術式比對來看，會發現內容幾乎一樣。當中以些許區別就改換了製造的金屬……那我大可看更多術式，從共通點及差異來釐清魔法式的含意。只要明白含意，或許便能改寫，甚至創出新魔法。我會回報妳的，拜託。」

「……呼～～好啦。不過，這可不是看在回報的分上喔。聽你說要解出術式的含意，然後創造新魔法，我覺得很心動。我也想創造魔法，而且是專屬於自己的。」

我讓蒂雅把會使用的九種土魔法、七種火魔法全部寫下來，再聽她解說效果，中間還穿插了休息時間讓魔力回復，並且要她實際演練。

忙完這些，我們倆便逐步找出術式的共通點與差異。

……她的腦筋動得非常快，更重要的是直覺敏銳又有想法。

蒂雅幫忙找出了我所遺漏的幾種規則性。

而且，當我們倆針對規則性討論時，新的想法便源源不絕。一回神，我們都不小心沉浸在其中，太陽早就下山了。

這段時光簡直樂趣無窮。忽然間，蒂雅亮起眼睛將身子湊近，道出她的見解，讓我看了覺得好可愛。這種情緒，我初次體驗到。

「盧各，你有在聽我說嗎？」

「有、有啊，我在聽。」

看她看得入迷，讓我汗顏得舌頭都打結了。

「製鉛魔法與製鐵魔法的差異就在這裡，而我認為上面所寫的是數字。你看，這三道術式，假設這裡代表的是數字就說得通了……三個項目分別寫了數值，鉛是11.3、327.5、207.2；鐵則是7.8、1540、55.8……不曉得是什麼意思。我看不出這些數值要怎麼改寫才對耶。」

聽她一說，如果把那幾個魔法符文當成數字，其他術式就有可以釋疑的部分。

更何況寫在鐵與鉛式子裡的數值絕非隨便亂填的數。

「鉛是11.3、327.5、207.2；鐵是7.8、1540、55.8……這才不可能是出於巧合。虧妳能發現！能不能做一張數字與魔法符文的代換表？」

「行啊。來，在這裡。」

我一邊看著蒂雅製作的代換表，一邊改寫製鉛的術式。

將11.3改成10.5，327.5改成961.9，207.2改成107.9。

只改了三項數值。

但我的假定若是無誤，就能得到期望的結果。

唱誦開始，魔法隨之完成，銀色立方體製造出來了。

「這……是銀嗎！我從來沒聽過有製銀的魔法耶。」

「跟我想的一樣。那三個數字，是用來指定所要金屬的數值。」

「把話說得好懂一點啦。」

「三個數字顯示的是比重、熔點、原子量。所以把鉛的數值改成銀就能製出銀。」

話雖如此，我倒還是有疑問，這些數字用的單位是我生前那個世界研究出來的。為什麼神所賦予的術式，其基準會存在於我生前的世界？

……這裡頭藏了某些祕密。我有這種感覺。

目前無法進一步釐清，但先記在心裡吧。或許會在某種契機下讓我探出什麼天大的隱情。

「我聽完更不懂了……」

我將歪頭不解的蒂雅擱在腦後，還興奮地多改寫了兩道術式，並且加以實行。

「哈哈，到手了，原本以為在這個世界怎麼也弄不到的鈦與鎢……印象中，應該也有讓金屬隨意變形的魔法。」

事不宜遲，立刻來唱誦。

我將鈦改成刀的形狀，再朝庭院裡的樹試砍。銳利又輕巧。

這個時代是以雜質多的鐵為主流，而我製出了硬度略遜於鐵，卻只有六成重量且不易劣化的鈦短刀……在當代的性能甚至可稱作魔劍。

然後是鎢。超重超硬的極強力金屬兼超稀有金屬。

「正如想像，我製出自己要的金屬了。蒂雅妳也唱誦看看。」

「嗯，我會試試看……啊，真的製出銀了，不敢相信。」

不過，我本身有在意的一點。

想自己創造術式，應該會需要【編織術式者】。既然蒂雅能唱誦新魔法，不就表示這項技能並非必須？我差點就為此後悔了。

「欸，蒂雅，接下來妳想不想試試看製造金？我知道製金的數值。」

「啊，我想試。只要曉得數值，我應該也可以辦到！」

當蒂雅靠我教她的數字改完術式，正準備唱誦時。

突然間，她臉色發青當場倒下。

「妳沒事吧，蒂雅！」

「唔……唔嗯，我還好。忽然覺得頭好痛又想吐。」

我看了術式，然而上頭所示的確實是金的比重、熔點、原子量。

我實際寫下跟蒂雅一模一樣的術式，唱誦以後就製出了金。

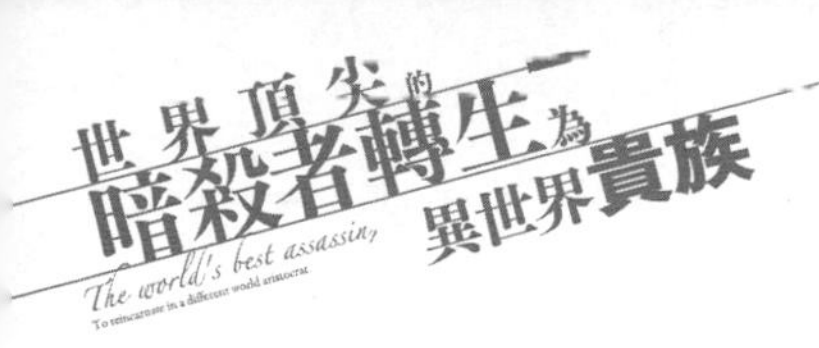

……表示非得是【編織術式者】才可以創造術式嗎？
即使有我以外的人改寫術式，創出了新的術，也會出現排斥反應而無法唱誦。
不過，我所創的術式，別人也一樣能用。
這終究是假設。可以的話，我希望做驗證。
「蒂雅，妳不要的話也可以拒絕。我在紙上記下了跟妳剛才一模一樣的術式，我想請妳把這唸出來，為了找出創造新魔法的條件就必須這麼做。」
「你說話的方式太狡猾了……聽你這麼說，我哪克制得住好奇心嘛。」
蒂雅帶著發青的臉色，唱誦我所記下的術式。
於是，這次唱誦毫無窒礙地結束，金製造出來了。
「真不可思議。但是盧各，這表示我創了新的魔法，只要讓你親手記下來一次就可以用了，對不對？好讓人振奮耶。我們再多研究規則性，把每一字的含意統統查出來！這樣的話，就可以創出更厲害的魔法！」
「妳想的和我一樣。我們分工合作，把規則性和意義弄清楚吧。但是，魔法的範本不夠。我會拚命用水與風的屬性學習新魔法，蒂雅，火與土就拜託妳。」
「當然嘍！」
我們倆緊緊握手。
新術式應該當成祕密，換作在第一次的人生，我才不可能找別人幫忙。

但是蒂雅夠優秀，讓她協助會更加有進展。

……何況和蒂雅這樣相處，我很開心，開心得不能自已。所以身為盧各的我決定這麼做。

這樣子，創造新魔法的第一步便踏穩了。

漫無目標地研發新術式是不行的。

先定下目標吧……可以像這樣製造想要的金屬，還有讓金屬變形的魔法。既然如此，接下來只要有引起爆炸的魔法就可以造槍。

而且我將造出只要有魔力，彈藥便無窮無盡，連精準度都匹敵於前世的貨色。兼顧射程與破壞力，還可以裝成兩手空空，隨時都能取出使用的武器。沒有比這更適合用於暗殺的了。我會先實現這一點。

有蒂雅在，兩人合作不知可以進步多少。我來到這個世界以後，從未如此興奮。

Episode7

第七話　暗殺者活用前世的知識

蒂雅來以後，已經過了九天。

其間，雖然蒂雅故作成熟，但我發現她是個怕寂寞的人，又喜歡撒嬌。

盧各是小朋友，所以一個人睡會覺得寂寞，對不對？——像昨天她就一邊說著這種話一邊鑽到床上，還把我當成抱枕。

由於年紀因素，我根本不會有性慾，卻莫名感到心動。被蒂雅緊緊摟著，她的香甜氣味、柔軟觸感及體溫莫名令我在意。

「盧各，你今天也要仔細聽姊姊講話喔。」

「……我什麼時候成了弟弟？」

「啊，原來祈安大人對你瞞著那件事。總之師父有令，盧各你要當弟弟！」

那件事是指？難道說，蒂雅跟我是同父異母的姊弟？

不，沒有那回事。這個人肯當我師父，我盡可能收集過她的情報。

蒂雅報上的家名叫維科尼。

亞爾班王國沒有貴族叫這個名字，鄰國則有名叫維科尼的伯爵。

還有，我母親對外聲稱是平民出身，卻具有魔力，而且她那優雅的身段和禮儀並非後來所學，想必是生於某戶高貴的人家。

而母親和蒂雅很像。無論是特徵明顯的銀髮、容貌及習慣，還有在亞爾班王國怎麼也聽不到的些許口音都很像。

我在想，母親應該是生自維科尼家，還用了假身分嫁給父親。

而且如果我假設正確，蒂雅大有可能是我的表姊。

「我明白了。就聽師父的命令吧。」

「哼哼，知道就好。話又說回來了，圖哈德家的餐點還真是美味。」

蒂雅一臉享受地大啖焗烤料理。

昨天我打獵宰了兔子，便煮奶油濃湯招待她，今天則是拿剩下的材料做焗烤。

在濃湯裡加通心麵並且以辛香料調味，再撒些番茄乾改換口味給人的印象，然後鋪上大量起司，進爐子烤過立刻就成了焗烤。

「抱歉，端不出什麼豪華的菜色招待妳。」

「那些我都吃膩了啦。焗烤嚐起來好暖心喔，我超愛的。」

「很高興能討妳的歡心。」

「……盧各，為什麼你才七歲就會這麼多事情啊？知識又廣博，明明年紀小卻比我還聰明，像我可是被稱為神童的耶。」

「拜父母教育所賜。對了，晚餐我會端上私房好菜，妳可以先期待。」

差不多到雉雞長肥的季節了。

多了油花的雉雞鮮美可口。今天研究完魔法以後，就出門打獵吧。

晚餐可以請她吃美味的烤雉雞。

我和蒂雅兩個人來到中庭。

這十天內，我們分工合作，寫下了各式各樣的魔法，並且持續找出當中的規則性。

十天令我深切體認到蒂雅的天分驚人。

比起對分析有自信的我，她找出了更多的規則性。

「這樣盧各想創的魔法應該就完成嘍。」

話說完以後，她便將草草記下的手帖遞過來。

「好厲害。妳居然能分析得這麼深入，還以這種方式應用。」

「因為我是姊姊啊！」

呃，與那無關。話說出口會讓蒂雅鬧脾氣，我也不希望自討沒趣，就點了點頭在完成一半的新術式填入她的新發現。

「只要這能成功，魔法本身的價值就會暴增。」

「嗯、嗯。遠距離的高火力魔法，而且魔力效益出色。應該會是很棒的魔法喔。」

好，來實驗吧……測試適於暗殺的魔法。

◇

我們倆研發的魔法相當驚擾人，因此實驗要在自宅後山進行。

彼此點頭以後，我便將魔力轉換成土屬性並開始唱誦。

從虛空中製出鐵，將其化為附握柄的長管，管內則刻有溝槽。

繼續唱誦，讓鎢製子彈填入長管之中。

到此，第一個魔法施展完畢。接著我將魔力轉為火屬性來蓄能並唱誦。

火魔力在管內逐步高漲……而後迸發開來。

爆炸將鎢製子彈向前推送，再透過長管中刻有的溝槽，也就是膛線，獲得超高速迴轉力，隨即發射出去。

子彈瞬間超越音速，彈道靠膛線獲得直線性而落在四百公尺外的山頭。似乎射中了樹，有棵大樹攔腰折斷了。

「好棒，你成功了耶。射程四百公尺，顛覆魔法常識的新魔法。在弓箭也射不到的距離之外能有這種精準度，還有威力！嗯，棒極了！」

「既然可以保持這麼遠的距離，唱誦時會毫無防備的弱點也無須在意。」

以往的魔法必須在跟敵人相當接近的位置唱誦。

然而，射程如此之遠就可以待在連敵人用弓箭都射不到的安全處唱誦了。

這次換蒂雅唱誦，子彈飛射出去。

「好耶！我射中岩石了！那麼大塊的岩石都粉碎了呢。」

「再練習一下吧。這個魔法威力雖高，卻需要精確地瞄準。我準備了這些東西以便大量練習。」

幾十顆子彈。

製作子彈的魔法不必每次射擊都復誦。

用手裝子彈，單靠火魔法的爆炸來發射子彈。在實戰中應該也會像這樣運用才是。

「真是周到耶。盧各，我們多多練習！」

我們就這麼沉浸在其中，練了新的魔法。

我感覺到精準度越射越有提升。

要提升命中精準度，重點在於如何去克制反作用力。

造出引發爆炸的火種時，魔法就已經唱完了。

祕訣是在火種爆炸前的那一瞬，靠魔力強化體能，但時間點相當難抓。如果不以魔力強化體能，何止無法克制槍口因反作用力上揚，甚至會差點脫手甩出去。

我用魔法造出的槍身外觀近似火繩槍，但火力和命中精準度都截然不同。

爆炸魔法的威力遠高於黑色火藥。那表示發射子彈的力道強勁。

更重要的是，射出的子彈性能差太多了。

子彈硬度越高越有貫穿力。鎢的硬度和鐵根本不在同一個層次。

貫穿厚實裝甲的戰車彈正是採用鎢來製作，這麼說應該就懂了吧。

鎢彈連鋼鐵板都能輕易貫穿。

流線型可減少因空氣阻力造成的威力衰退，膛線則使其具備更高的精準度。

……方便好用的魔法。可是，要對付勇者仍嫌火力不足。

對付一般魔法士，靠這種程度的火力也能射穿，但是要對付超乎常軌的敵人就靠不住了，何況規格超乎常軌的勇者，根本連在睡午覺而毫無防備的狀態下也殺不了。

所以，我還準備了更強的魔法。

基本思想一樣，但規模不同，必須有我的魔力量才能使用。

「盧各，你那是什……咦咦咦咦——」

我另行唱誦的新魔法逐漸成形。

首先，造出砲身。

跟火繩槍尺寸的原版魔法等級不同，要說的話就像戰車砲。長達六公尺的砲身厚實，足以散發異樣的威迫感。如此的貨色用手拿不動，我準備了底座，並以腳架插進地面。

由於砲身太大無法一舉完成，我分為三次，靠變形魔法將其接合。

接著製造要發射的砲彈。

尺寸當然是特大號。戰車砲普遍是用１２０mm彈，直徑大致為普通手槍彈的十四倍長。塊頭太大，光一顆砲彈就堪比牛奶瓶。

深呼吸後，我動用火魔法。開槍之際，我都會克制力量以免槍身炸開，但是這玩意兒不同。我造出了即使用全力引爆也承受得住的厚實砲身。

砲身內有著與開槍時無從比較的壓倒性力量打轉。

「蒂雅，妳先捂住耳朵。」

「好、好的！」

撼動空氣的巨響。讓先前槍擊顯得像小孩玩遊戲的超高火力。

儘管有腳架固定在地面，後退的砲身仍撕裂大地，遭受砲擊的山面被轟出大窟窿。

「提高彈丸質量，將爆炸加強，威力便截然不同……不過，沒想到會這麼強。」

我在前世也曾駕駛戰車開砲，但這個魔法的威力更勝於彼。

勇者只要進入備戰狀態用魔力強化，應該連這等威力都能擋下來，就算對方沒那麼

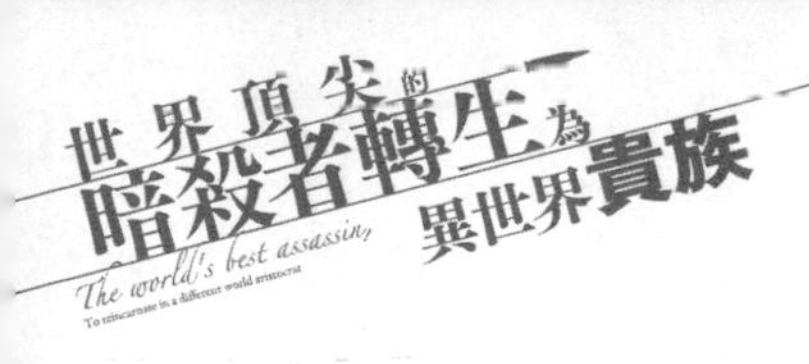

做，假如有恆常生效的防禦技能存在，結果也不好說。

即使如此，或許趁對手鬆懈時就可以奪命。這張牌有足夠的底蘊。

「你創出這樣的魔法，究竟想發射到哪裡啊！下手明顯太重了啦！」

「或許會有不這樣就殺不了的對手出現。」

我檢查砲身……糟糕，開一砲就有了裂痕。我明明製造得相當厚實。砲身要從鐵換成其他材質嗎？……不，沒有適合的金屬。單論硬度，鎢比鐵高了許多，卻質脆。我需要兼具硬度與韌性的金屬。

這樣的話，只能製出單元素金屬變成了瓶頸。即使可以像這樣製鐵，也製造不出合金或加工過的金屬……反過來想吧，只要創出製造合金的魔法就行了。那樣便能製造更強的金屬。

「威力正符合期待，但問題多得很。」

「太亂來了啦……不過，能發射這樣的魔法感覺好痛快。」

「妳要不要唱誦看看？」

「唔唔唔，雖然不甘心，可是我辦不到。那種魔法，要有像盧各一樣離譜的魔力才能用嘛。」

蒂雅怨怨地望著我。這個魔法的魔力效益太低落。

「這個魔法的問題已經看出來了。總之，今天就當成練習。」

「嗯！呵呵呵，有這個魔法，就能輕鬆解決那些蠻族嘍！」

蒂雅好像也有她的苦處。

雖然不曉得她提到的那些蠻族是指誰，看來她那裡似乎有某些敵人。

「對了，盧各，我們還沒有幫魔法取名字耶。」

「對啊，目前我們拿在手裡發射的叫【槍擊】，大尺寸的就叫【砲擊】吧。」

「我不太懂意思，但是你取的名字好威風喔！」

於是，今天我一直試射到蒂雅將魔力用盡為止，找回了以前的手感。

面對不會動的目標，只要是在無風或弱風的狀態下，三百公尺內都能彈無虛發。

暗殺普通人物，單靠這個魔法差不多就夠了。

畢竟在沒有槍這種概念的世界裡，狙擊幾乎是無敵的。

「只剩四天了嗎……多希望可以一直這樣過。」

蒂雅落寞似的嘀咕。能和她相處的時間所剩不多，有件事情我希望能在她離去之前完成。

第八話 暗殺者約定再會

蒂雅教我魔法到今天就結束，傍晚會有人來接她。

我在後山測試製作合金要用的魔法。

以往製作金屬的魔法都只能做出單元素金屬，但我改寫物質變形的術式，成功混合了多種金屬，這有莫大的意義。

比方說，有種金屬叫鈦。

硬度幾乎與鐵相同，重量卻只有六成左右，熔點極高又能耐熱。

而且抗蝕性傑出，不易生鏽，不易受腐蝕，滿是優點的金屬。

……可是，只有跟鐵同等的硬度仍舊靠不住。話雖如此，更硬的金屬又缺乏韌性或者質脆沉重，要談到是否比鈦優秀，還得再思量。

然而，改成鈦合金就能保有原本的優點，不但更硬也更添鋒利。

具體來說，就是加入釩與鋁製成β型鈦合金。

這能使其變成硬度近兩倍卻輕巧又能抗劣化，還具有韌性的夢幻素材。倘若將β型鈦合金拿到嚴苛的環境運用，以短刀而言會是上乘之選。

以魔法製出鈦、釩、鋁，再藉由魔法使其合而為一。

成功了。β型鈦合金如我所願地完成。

進一步將其塑形，造出短刀。在刀柄處綑上皮革以後再交給蒂雅。

「蒂雅，這就是我們研究魔法的成果。」

蒂雅拿刀砍向身邊的樹木。

「好輕，而且好鋒利！假如用這鑄劍發給士兵，感覺戰力會更上一層。」

「最好別那樣做。我們偷偷運用應該還不至於鬧大，但是量產交給其他人就會徒生事端……最糟的情況下還會淪為奴隸，被逼著為國家鑄一輩子的兵器。」

在主力是鐵的時代，若被人得知我們能造出這樣的劍，舉世上下都會想要。

「聽你一說，或許是這樣沒錯……不過，只發給三名信得過的騎士怎麼樣呢？他們的口風都很緊，我也希望能讓他們用好的武器……以免在戰場上死掉。」

為了讓重視的人活下來，希望有強大的武器……我明白這樣的心情，對於被蒂雅如此關心的騎士也感到有些嫉妒。

「即使騎士們可以信賴，他們在某些人面前仍無法說謊，祕密絕對會洩漏出去……不過，隱瞞用魔法鑄造這一點的話，只把劍交給他們倒還好。我之前也說過，我們兩個創造出來的新魔法要保密。【槍擊】也是，只有在遇到生命危險而非用不可時，妳才能夠動用。」

「嗯，我會照做的！」

蒂雅點了點頭，然後模仿我唱誦魔法，合金卻鍊製失敗。

「奇怪，怎麼這樣？」

「我猜大概是妳的想像力不足。這跟單純製造金屬的魔法不同，以製作合金的情況來說，想像金屬之間會如何變化、如何完成反應，會是重要的環節。」

以合金來講，施術者的想像力會比概念粗枝大葉的魔法重要。這跟光是改變造型的變形魔法不同，要製作合金就必須對化學有所理解。

「那我辦不到耶。我又不曉得要怎麼混合才能讓金屬變強……」

「我是想教妳，不過得從物理學和材料學的基礎講起，內容會長得嚇人。我想想，估計要花一個月。」

這還是以蒂雅的天才頭腦為前提，一般我看要五倍左右的時間。

「唔，我今天就要回去耶。」

「能不能延後？」

「……可以的話，我早就那樣做了，也已經拜託過好幾次，可是家裡說不行。盧各，我也還想跟你一起創造魔法啊。」

她肯這麼說，讓我有點欣慰……所以就給些優惠吧。

我又製造出鈦合金，並且用那些鑄了三柄劍。鋒利、堅固且輕巧的劍。我把劍鑄成在本國為主流的直刀，還附上劍鞘收納。

「剛才給妳的短刀和這三柄劍是伴手禮。我們兩個一起想想該怎麼說明這些武器的來路吧，或許還要請我爹配合。令尊發現妳從圖哈德領帶了魔劍回去，也會覺得事情有異，到時大概就會跟我爹聯絡。」

「也對。我想我爸爸就會那麼做……讓你鑄了劍，還讓你幫忙設想這麼多，我好高興。盧各是個好男生呢。」

蒂雅一臉開心地捧起三柄劍。

「……這是回禮。假如沒有拜妳為師，我就無法順利使用魔法。」

「我才要謝謝你。沒認識你，我絕對不會想到要自創魔法。我變得比以前更喜歡魔法了。回去以後，我還會創造更多更多的魔法。下次再會時，盧各你要幫忙將式子全部寫出來喔。」

「那似乎會很累呢。不過，我要幫妳這個忙。期待妳所創造的魔法。」

蒂雅一定會有跟我完全不一樣的點子並且創造出有趣的魔法吧。

只要知道那些，我就能變得更強。

「都是我教你就太詐了，你也要把自創的魔法教給我喔。」

「是啊，我會創出讓妳大吃一驚的魔法……妳有學到第十一種魔法吧。利用那個似

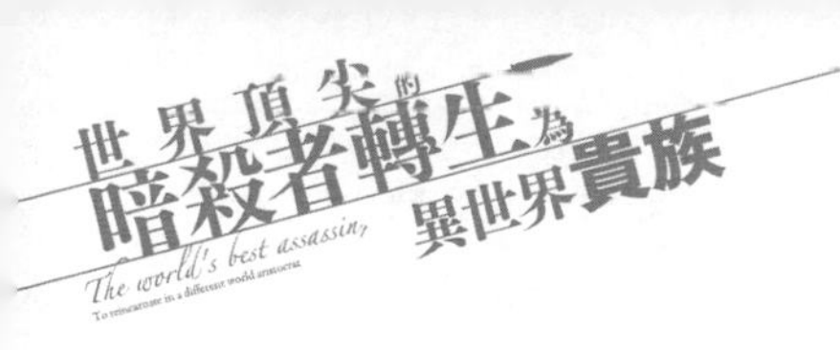

乎就可以創出威力比【砲擊】高四百倍的魔法。」

目前尚在理論階段，要克服的課題仍有一堆，但是完成之後，以我的瞬間魔力釋出量就能讓具有【砲擊】四百倍威力的戰略級魔法問世。

「……聽起來，那已經超越百人合力的儀式魔法了耶。不過，我覺得好興奮。認識你，或許讓我把這一生的興奮都預支掉了。我才不要在今天就讓這些都結束，所以你要跟我約定，不會在今天就結束。」

蒂雅伸出手指，我們用指頭打勾勾，蒂雅笑了笑。

好可愛。這應該就是我在第一次人生不明白的戀愛，或者憧憬之類的感情吧。

我想我希望跟她在一起，分開讓我感到胸口絞痛。

在第二次的人生就將這種感情一一拾起吧。

◇

傍晚，家裡晚餐用得比較早，兼當蒂雅的送行會。

母親跟我賣力煮了大餐端上桌。我有準備蒂雅最愛的焗烤，她率先用湯匙舀起焗烤，還露出陶陶然的笑容。

「蒂雅小姐，感謝妳將我兒子栽培至此。」

「盧各是天才嘛，他幾乎都是自己學會的。我啊，第一次覺得吃味。」

「原來盧各也有魔法的才能嗎？我真為他驕傲。」

父親欣然地笑著倒了杯紅酒。

「呃，祈安伯伯，其實我跟盧各到山上探索時有撿到幾把劍。盧各說可以讓我當成土產帶回去，不過這樣真的好嗎？」

後來我們倆商量，決定向父親用這套說詞。

「哦，山上有劍啊？能不能借我端詳一下？」

「好的，您請看。」

父親由鞘裡拔出從蒂雅手裡接下的鈦合金劍，輕輕揮了揮然後點頭。

光是如此，父親應該就可以看出β型鈦合金鑄成的魔劍真價為何。

「哦，山裡埋了有趣的玩意兒呢……而且，似乎還有別的貨色埋在山裡。或許其他山裡也埋著這樣的東西。」

後半句話的音調有些特殊。我聽出父親的用意，便開口回答：

「爹，那座山還埋著其他劍，下次我們去探探吧。不過，埋了劍的就只有那座山而已，我可以保證。」

「是嗎，只有那座山啊？那麼，我想無妨吧。這可以交給蒂雅小姐重視的人。」

……剛才那段話翻譯以後，意思就是父親篤定東西出自我的手藝，進而問我能不能做出相同貨色，以及是否只有我會這一套。

所以我回答做得出，而且只有我會。

「唔哇，小盧居然送禮物給女生。這麼早熟，羞羞羞。畢竟蒂雅可愛嘛。」

「……娘，拜託妳別這樣。」

「呵呵呵，我不聽。誰教小盧最近越來越囂張，頂多只有這種時候才能難住你。蒂雅，妳想不想嫁來我們家？」

「呃，如、如果能那樣，我覺得會是件美事。」

蒂雅害羞得低了頭。母親又得意地開始說這說那。

我並不是沒有那樣的意願。

蒂雅絕對會長成美女，能力又優秀。我們倆合力研發新魔法更有效率。

「我倒是認為操之過急。總之，盧各能交到朋友實在太好了。這孩子都不願意出門，我一直在擔心啊。」

「爹，你那樣不就把我說得像個陰沉的孩子了嗎？」

……是個要反省的點。訓練以外的時間，我盡是窩在書齋或者自己鍛練。

雖然本身的規格提升了，溝通能力卻沒有培養起來。

往後有空閒的時間，就出門試著跟同年齡層的小孩來往吧。

「盧各，我可以當你的朋友。回去之後我會寫信，也會盡量來見你。」

父親與母親笑容洋溢地看著我和蒂雅，讓我有些難為情。

於是，最後一頓晚餐結束了。

後來當我們用茶時，佣人便過來通知接送蒂雅的人已經到了。

我們來到外頭。蒂雅搭上馬車以後，馬兒緩緩地跑了起來。

「在這裡……我過得很開心！我絕對還會再來的！」

蒂雅從車窗探出頭，並且大喊。

「是啊，我也會等妳。」

「然後盧各，這個，你收下！不要忘記我！」

話一說完，蒂雅就把平時都戴在頸上的墜子拋了過來。

鑲著透明石頭的首飾，石頭裡有紫色魔力發著光。

在蒂雅身邊看過好幾次的我認得出來。這是她的魔力。

琺爾石裡灌注了魔力。她明明說過絕對不能交給別領的人。

「我絕不會忘記！」

「還有之前我們講好了，你要聽我的話，那我現在就拜託你嘍。盧各，假如我不管怎樣都想見你，到時你一定要趕來我身邊！」

她這話相當折騰人。即使如此，我仍不遲疑。

「我跟妳約定！到時候我絕對會趕去見妳！」

間隔一會兒，馬車就看不見了。

在這兩週之間，我學會了魔法，還進一步將其拓展，得到了更大的收穫。

加油吧。下次見面時，我非得創出讓蒂雅大吃一驚的魔法。

……那麼，何時去見她好呢？正常來想，幾年內根本沒有機會再見到蒂雅。

我不要那樣。何況要研究魔法，就必須定期和蒂雅交換意見……好寂寞。

到維科尼領要跨過兩座山頭，大約三百二十公里。

若是我，要暗地行走如此長的距離穿越國境，然後神不知鬼不覺地踏進維科尼的領地，再潛入其居所，都並非不可能。對暗殺者來說甚至可以當成最佳的訓練。

換成在第一次人生，我絕對不會有這種想法。可是，我喜歡這樣的自己。我才不是只會聽從他人命令的道具，我要照自己的意志做想做的事。

我在深邃的森林中奔走打獵。冬季將至，雪會毫不留情地下在這塊地方。冬天一到就不能像這樣入山了。

如果不趁現在把肉製成肉乾或醃肉屯積起來，冬天的餐桌會變得冷冷清清。要讓十歲的冬天過得開心就需要獵物……很好，立刻便收拾了一隻。

「打獵這方面進展順利……可是，居然連個人才都找不到。」

一個人能做的事有限，因此我最近在找暗殺的助手。

具備魔力是最起碼的條件。

然而，具備魔力者大多為貴族及其旁系血親，想招募並非易事。

……所以，我找了一萬人之中頂多於普通家庭出生一人的具備魔力者。

即使具備魔力，不知道用法也有可能渾然未覺而照常度日。

那樣的人很難找，但是以可看見魔力的圖哈德之眼就發掘得到。

一反我內心的期待，即使找遍領內，在領民中還是沒能找到具備魔力者。

「……還是找找圖哈德家以外的領地好了。」

助手越早找到越好。

教育至少要兩年，令其累積實戰經驗要花一年，培育成助手共計需要三年。

飄起雪花了。我本來就覺得冷，沒想到已經開始下雪了。

「明天，去跟蒂雅聚一聚吧。」

我再有能耐，也不可能在積雪中跋涉三百二十公里越過兩座山頭。

每個月我都會和她見一面，但是冬天期間無法相聚，所以這個月特別破例。

我感覺到有動靜，便舉弓預備……接著，我發現那股動靜是來自人類而非野獸。

為了避免跟領民們搶獵物，我都刻意挑有狼或熊出沒的危險地帶打獵。闖來這種地方的究竟是什麼人？我一邊感到不可思議，一邊在那人面前現身。

那是個少女，年紀與我差不多。

明明冷到飄雪花，少女身上卻只裹了髒兮兮的破布還赤腳。她正摟著自己幾乎快折斷的纖弱身體並冷得發抖。

身材乾瘦如柴，金色髮絲和肌膚也都乾巴巴的。何止營養失調，根本將近餓死了。

我認為她的長相還不錯，但是在這種狀態下也無法確定。

沒帶任何裝備進森林簡直匪夷所思，還能活著就已經是奇蹟。

……而且，最讓我驚訝的是她具有魔力。

將圖哈德領的領民一個不漏地找過以後還是沒發現的具備魔力者就在這裡。

不過，她似乎不懂魔力的運用方式，只是體內深處藏有魔力的星星之火。這樣跟常人並無差異，而少女本身也沒有察覺自己具備魔力。

「噫，那、那個，我不會做任何壞事，所以，請不要折磨我。」

『……妳是什麼人？怎麼會待在這麼深的森林裡？」

「我、我住的村子裡很窮，因為怕多一張嘴分飯吃，就在過冬前把我攆出來了。即使我回去也會被趕出家裡……我想起有旅客說過，山頭對面的圖哈德領生活富裕，到那裡應該就有地方肯收留我。」

少女說明到一半就飢腸轆轆地站不穩，我便伸手扶她。

……好臭。而且，她輕得難以置信。

「我想聽妳多談談，不過，在那之前先吃頓飯吧。看妳都快餓昏了。」

我對她苦笑，然後拿出帶來當午餐的三明治。

少女瞪大了眼睛。有人肯施捨食物，對於曾住在貧窮村子，生活清苦到非得減少扶養人口的她來說，恐怕是無法想像的事情。

她仍在遲疑，我當著她面前倒了杯熱湯，再把三明治餡料撥到湯裡，麵包則是撕碎加進去，將速成的麵包粥遞給她。

長期未進食會讓胃變得虛弱，因此要這樣處理。

於是，少女把杯子捧到胸口前，彷彿再也不會將東西還來，當場就離開我的臂彎坐在地上，吃起了麵包粥。

我是聽過隔壁領主既無能又貪婪地課重稅的傳聞，卻沒想到會這麼嚴重。

少女吃完餐點，顯得一臉幸福。

她注意到我的視線，臉就變紅了。填飽肚皮，似乎也有了餘裕在乎他人目光。

「那麼，妳似乎要去圖哈德領，而我就是圖哈德領主的兒子。」

「……咦，怎麼會，太靈驗了。原來女神在夢中告訴我的命運邂逅是真的。」

剛才，她提到了女神是嗎……難道這段湊巧過頭的戲碼是女神安排的？

假如有那個女神在暗中牽線，我會覺得不是滋味，但這個機會絕不容錯過。

「如果妳有意願，要不要來當我的專屬傭人？我需要妳的助力。」

除了具備魔力這一點以外，我欣賞她。被村子拋棄後的行動很不錯。

判斷回村子也沒用，便摸索其他可能的生存手段並加以實行。在極限狀態能採取正確行動是身為暗殺者的必要資質，無法透過後天學習。

少女仰望我，撲簌簌地流了眼淚。

「怎麼了？」

「我好高興。第一次有人說我是被需要的，以前所有人都說我沒用，覺得我礙事，還像這樣拋棄我……所以，聽到你說需要我，我就——」

一直懷在內心的情緒就像炸開了一樣，她嚎啕大哭。

而我緊緊抱住少女。

「我、我身上很髒。」

「是啊，但妳經過琢磨就會發光。」

「我會加油的，所以，所以——」

「嗯，長長久久地為我效勞吧。因為我需要妳。」

少女現在確實很髒。不過，她是鑽石的原石。

……撿到寶了。作為促成暗殺的助手，慢慢栽培她吧。

◇

有人在搖晃我的身體。

「請你起床，盧各少爺。」

柔軟的手，而且也很溫暖，真舒服。

有個金髮燦然的少女。

年紀十二歲，身上穿著傭人服……表面上，她是專屬於我的傭人。

她長得非常可愛，平時都會吸引到訪客，尤其是男性的目光。

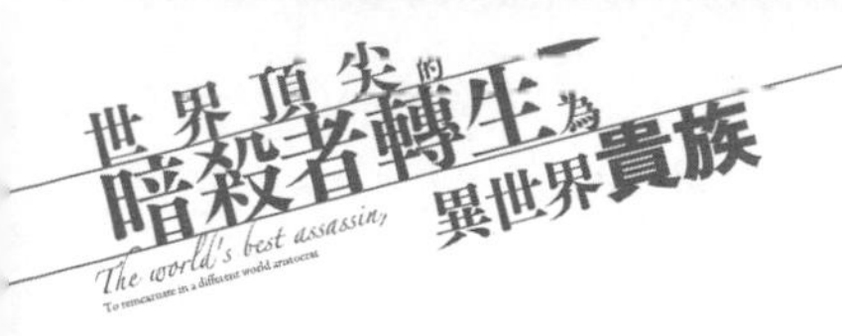

「盧各少爺，再不起床的話，我、我就要對你惡作劇了喔。」

搖晃我的少女用幾乎聽不見的細細音量這麼說。麻煩別說那種反而會讓我不想起床的話。

「早，塔兒朵。」

「早安，盧各少爺，好難得看到你賴床喔。」

「我逞強做了點傻事。」

具備【超回復】，我幾乎不需要休息，但昨天我逞強到連回復的速度都趕不上。

「早餐煮好了喔。今天是我的信心之作！」

「那真是令人期待。我們走吧。」

「好的！」

我們倆一塊前往客廳。

「塔兒朵，我作了一場夢。我夢見兩年前，剛和妳認識那時候的事。」

「……唔，有點讓人難為情耶。我當時一副誇張的模樣，還瘦得只有皮包骨。」

「收留妳時，我沒想到妳會變成這樣的美女。」

「……唔！盧各少爺，早餐的優格裡，我先幫你加水果了喔！」

花費兩年，瘦巴巴的少女取回健康肉體與嬌憐的模樣了。

如今她穠纖合度。應該說，以年紀而言發育得格外好。

我就座以後，塔兒朵就守在身後伺候我。

「傭人的工作有怠慢也沒關係，反正那是為了讓妳留在我身邊的藉口。」

我一邊吃著塔兒朵做的早餐一邊告訴她。

早餐是培根蛋配優格。這些是我喜歡的菜色，還用了這塊領地的材料。

「不，我不會怠慢。畢竟我是盧各少爺的專屬傭人！為了讓盧各少爺過得舒適，我每天都要努力！」

為了讓塔兒朵協助暗殺就得把人留在身邊，我便任命她當專屬傭人。

所以如果可以做到身為傭人不會奇怪的舉止就好了。

可是，她卻希望像這樣兼顧暗殺助手和傭人的工作。

「塔兒朵，妳真的做得很好。」

並非有天分，直覺也不算特別靈，只是努力不懈，而且率直。所以她才會持續成長，更值得信賴。

「假如沒有盧各少爺收留，我已經死了……何況少爺你說過，你需要我。所以，我這條命是為了少爺而存在的。」

這不是說給雇主聽的阿諛之詞，而是全發自她的內心。

我站起身，摸了摸她那頭柔軟的金髮。於是她撒嬌地整個人靠過來。

「我很高興。塔兒朵，我需要有妳。」

每當我提到「需要」兩字，塔兒朵就顯得由衷歡喜，再苦的訓練她都能承受。

實際上，她只花兩年就成長為暗殺者，還學會了身為貴族傭人應有的教養。

……在我收留塔兒朵，並向父親說明要培育她當助手時，曾跟父親做了兩項約定。

一是我自己要負責指導塔兒朵，父親不會介入她的教育。

二是圖哈德的技藝不傳外人，因此教給塔兒朵以後，萬一她背叛，我就要負責清理門戶。

第一項，大概是因為教塔兒朵能增進我自身的理解吧。

第二項也可以信服，將技藝傳給血親以外的人有其風險。

……不過，塔兒朵不會背叛。

基於我們認識的經過，她原本就心醉於我，何況我還花了兩年時間，應用投胎轉世前擁有的洗腦技術，讓她懷有絕對的忠誠心。

塔兒朵是崇拜我、依存我的。

「老爺吩咐過吃完飯以後，要少爺到書齋一趟，說是有特別的事交代。」

「我明白了。走吧。」

特別的事嗎？我能想像，看來時候終於到了。

我前往父親那裡，他顯得比平時更神經緊繃。

「盧各，塔兒朵的狀況如何？」

「我用兩年的訓練把她培育得跟同宗的旁系成員　樣水準了。她的資質普通，但是十分願意下苦功。」

「嗯，看來你訓練得很順利。不過，我要問的並不是這些。」

「……她目前是清白的。我監視了兩年，加上平時穿插於日常對話的刺探，依舊只看得出她是來自村落的單純姑娘。」

「是我過慮了嗎？我一直懷疑她是被派來盜取圖哈德家技藝的臥底。」

這也無可奈何，我跟她認識的經過太湊巧了。

用我這對眼睛尋遍領內也沒找著的具備魔力者會淪為被逐出的扶養人口，還跟我在山上打獵時巧遇，這種事根本不可能發生，正常都會懷疑是被安排好的。

如父親所說，同行若是得知我正在圖哈德領內尋找具備魔力者，就十分有可能將具備魔力的臥底派來這裡，以便盜取技藝。

我本身也循著這條線思考過，再說塔兒朵有提到女神曾在夢中細語告訴她會有命運邂逅，對此我也感到在意。

這兩年之間，塔兒朵一次也沒有露出那樣的跡象。假如她真的是某人派來的臥底，其實力將超越我與父親。

「爹，你要談的只有這件事嗎？」

「另有正題。下次訓練是特別的。雖然是訓練，同時也是考驗。只要克服今天的考驗還有另一項長期考驗，我就認同你能獨當一面，將暗殺世家的正業交付予你。」

「孩兒領命。我該怎麼做？」

「接下來與我交手。無關勝敗，讓我見識你的實力。」

簡單明瞭。用以往百經鍛鍊的技藝挑戰身為老師的父親吧。

◇

考驗已經開始了。

舞台在森林中，暗殺者之間的戰鬥。我們不會光明正大地現身互搏。

對彼此隱藏蹤跡，一面還要找出對方，設法下手偷襲。

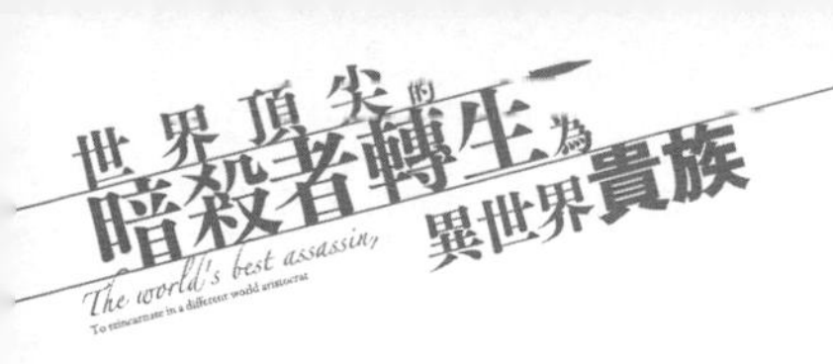

這場勝負，先找出敵人的一方就可以單方面開打，壓倒性占優勢。

我一邊屏息一邊提高專注力，以免錯過任何蛛絲馬跡。

往旁飛撲。箭插進了原本我所在的位置。短箭，來自十字弓。

黝亮短箭的表面塗著毒。那是劇毒，常人光被擦過就要臥床三天……可見父親有多認真。

「……我原本對屏息技巧可是有自信的。」

不知道他是用什麼方式看穿了我的位置，明明我這邊連個鬼影子都發現不了。

然而，從箭的軌道與角度，我弄清射手的位置了。

離這裡約五十公尺，東南方。

休想溜，我灌注魔力疾奔。

魔力量以及瞬間釋出量都是我遙勝。換句話說，速度與力量也是我遙勝。

山這種地方草木繁密，沒有像樣的立足點又難以跑步。

所以，我使出絕活。腳蹬樹幹，並且利用樹枝騰空展開立體運動。正常情況下樹枝一蹬就會斷，但我用了在出腳瞬間以魔力包覆樹枝的高階技巧。

看見了。目睹的同時我便從懷裡擲出兩柄短刀。

我的主要武器是短刀，身上隨時都會攜帶幾柄以鈦合金所製的貨色。我還在造型下工夫，以便充作投擲武器來運用。

以魔力強化過臂力擲出的短刀可比音速。

一柄短刀被閃掉，另一柄則被彈開，但我趁機拉近了距離。

我用預備的短刀砍過去，對方便以撿起的短刀應付，隨即又有手刀直指我的喉嚨而來。

我驚險躲開手刀並且出腿。好似早被料中的這一腿遭對方以手肘與膝蓋擒拿折斷。

我忍住慘叫，掙脫受到擒拿的腿，將對方掄飛了。

假如就那樣杵著，應該會當場玩完吧。

望向對方，蹤跡又消失在森林中。

我將魔力集中於被折斷的腿強化痊癒力。配合【超回復】，一分鐘便可接回。

「……受不了，我在對付的是怪物嗎？」

力量和速度都是我占上風，何況我不只會圖哈德的暗殺術，連第一次世界的技術都用上了。

可是我卻被玩弄於掌心……理由我明白。父親正在判讀我的行動。

肌肉摩擦、心跳、瞳孔、出汗、呼吸、視線、氣味、魔力流向，從一切的動作來判讀。因為他具備世界頂尖的醫術，詳知人體才能夠如此。

不愧是圖哈德的現任當家之主，祈安・圖哈德。

然而，向他學習技術的我也辦得到同樣的把戲。

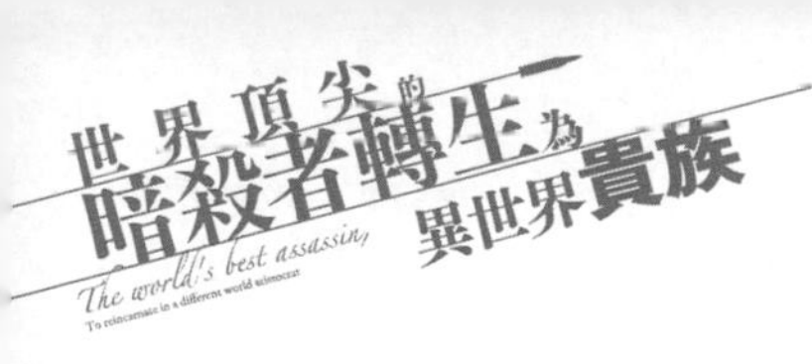

搭配前世所知，要比知識或壓箱招式的數量，我反而是超越父親的。

但父親卻連可判讀的徵兆都能作假騙過我。

我也打算騙他，作假的部分卻莫名其妙全被看穿。

……雖然我不太想說這種話，但這應該是經驗的差距吧。

在前世曾為世界頂尖暗殺者的自信都快動搖了。

正因如此我才認為自己還有學習的餘地，還能再變強。所幸我是那個人的孩子。

「夠啦。也該讓我贏了吧。」

我閉眼專注於五感。

採取主動會任其宰制。我等對方出手。

周圍有兩股殺意。

第一股殺意飛射過來。

那是短刀。剛才我擲出的愛用鈦合金短刀。

在我撥開的同時就從死角射來了另一柄。絕妙的時機與角度，我以勉強的姿勢扭身閃躲。

我不清楚兩柄短刀在幾乎同一時間是怎麼從完全不同的方向擲射而來。我只知道，這兩下都不是來真的。

真正的從上面來了。有別於那兩柄為了魚目混珠而帶有殺意的短刀，在此刻之前完全抹消了動靜的一擊。

父親反手持刀飛縱而下。由於我硬閃了上一招，在這種形勢下避無可避。所以我不避。我勉強避開要害，讓短刀貫穿肩膀，並且無視疼痛用藏著的第三柄刀抵住父親頸根。

「終於讓我贏了。」

我一邊抑制強烈的噁心與目眩感一邊宣言……短刀上也仔細塗了毒。假如我對這一系毒素沒有抵抗性，在出手逆轉之前就已經倒地了。真不留情。

「看來是這樣。受不了，居然敗給十二歲的孩子……還遭到放水。我可是以歷代最強圖哈德自許的啊。」

父親拔出短刀，讓我喝下解毒藥，並且替我療傷。

「我才沒有放水。」

「你只用魔力強化到與我旗鼓相當，又不使用魔法，這難道不叫放水？」

「因為那麼做會讓這場戰鬥失去意義。爹說過，雖然這是訓練，同時也是考驗。換句話說，我們是在做訓練。用硬拚的方式取勝，我就搶不了爹的招數。那樣就不算訓練了。」

沒錯，父親從一開始就特地聲稱這是訓練，甚至還提到無關勝敗。言下之意顯然不是叫我在戰鬥中取勝，透過訓練學技藝才是重點。

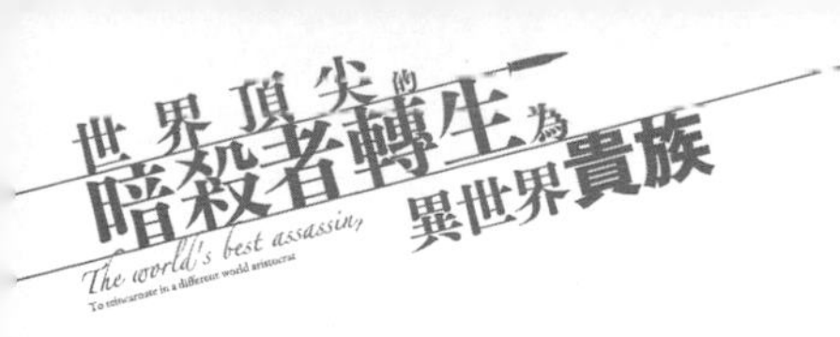

父親愉快似的笑了笑。

「沒有錯，虧你能認清我在一開始提到『雖然是訓練，同時也是考驗』的含意。那才是我在這次考驗中要觀察的資質，而非勝敗……對於暗殺者來說，要緊的是絕不能迷失目標。假如你只想著打倒我，我便會認定你沒有資格勝任……盧各，這麼一來我已經沒有可以教你的了。」

「不，我還不成氣候。比技藝我仍贏不過爹，我只是用玉石俱焚的方式賭贏了。」

「能教的我都教給你了，你也都能夠實踐。接下來，就差經驗而已。往後你要用自己的腳步前進，你大可去尋找變強所需的養分……按照約定，將來我會給你最後的考驗。那項考驗，是為了讓你獲得在戰鬥之外的強大。」

最後的考驗肯定不是單純測試醫術或暗殺術，而是圖哈德所需的其他要素吧。

◇

訓練結束後我便用熱水洗淨身體換了衣服，衣服換完就讓塔兒朵陪著我出門。

我向領民們打招呼。身為下一任領主，最近我開始找時間和領民談話了。

「我照盧各少爺所教的弄了肥料，施肥以後今年就豐收了。」

「太好了。下次獵物有多出來的話，能不能和我交換呢？拉克栽培的蔥很美味。」

「好的！我先給您肥料的回禮！希望盧各少爺能品嘗這些。」

拉克遞來鮮嫩長蔥，我便與感謝的話語一同收下。

有別的領民朝我們這裡跑來了。

「咱家……咱家的牛傷到了後腿，能不能請少爺幫忙治一治？」

「行啊，我們走吧。」

我加緊腳步。簡單的治療我都是無償提供。

貴族在這個世界有強大權力。

那是因為貴族乃具備魔力的特殊存在，可以守護領地不受魔物之類的外敵侵襲。強大力量與庇護能帶來信仰，正因如此，領民才會服從貴族的支配，並且納稅。

然而，光靠力量還留不住他們的心，施恩與賞臉對經營領地來說也是必須的。

◇

回屋時太陽已經西沉。

「盧各少爺，今天也辛苦你了。領民們依舊很歡迎你呢。」

「那固然是我所願，不過這一趟收到太多伴手禮了。希望在變質之前用得完……」

簍子中滿載從領民那裡收到的作物。

我學了醫術，還因為前世的知識而對農業略通一二，又能用四屬性魔法做粗活，所以大家都會仰賴我。

像之前連日烈陽高照，導致池子乾涸時，我就用了水魔法將蓄水池灌滿，當時領民們簡直把我當成神來拜。有些貴族將魔法視為神聖之物，還表示萬萬不該將魔法用於農業，我倒認為方便的力量能方便運用就好。

「這個包包也裝滿了嗎？」

我打開包包，裡頭塞了大量琺爾石。

因為魔力越用越提升，靠【超回復】回滿的魔力溢出多少，就會白白流失多少。

可是，那樣實在太浪費了。

於是我著手弄了這些。

我澈底分析蒂雅於離別之際給我的琺爾石，成功在半年前創出了製造琺爾石的魔法，之後我便不停製造琺爾石，用琺爾石來保存魔力。

這個包包移到保管庫以後，再準備另一個包包吧。大量準備的武器遲早會派上用場才對。

通過考驗以後，父親開始帶著我去工作了。

無論以表面的醫生身分執業，或者做背地裡的工作，他都把我當助手。

應該是因為父親判斷我不至於成為拖累吧，他對我有如此的認同。

在實戰現場的父親比訓練時更為驚人。

雖然他表示已經沒有東西可以教我，但我要學的還很多。

實際上，我在前世從未對他人的技藝著迷，每次看父親工作卻都差點出聲感嘆。

我的目標是要將前世的暗殺術與此世的暗殺術融合。

「爹今天的工作也一樣精彩。」

「是啊。順利辦妥了……盧各，看來你很清楚為何我於表於裡都要帶著你奔波。」

「孩兒明白，這是為了在現場學習工作，而且也是為了預習暗殺時，對建築物的構造、護衛布署及對手能耐的掌握。能踏進貴族屋邸的機會實在不多。」

貴族的屋邸並非單純住處，同時也是用於迎擊賊人的堡壘。

若要以暗殺者身分潛入裡頭，事先得知其構造將成為一大利器。

有醫生臉孔是很方便的，因為可以合法拜訪貴族的屋邸。

即使現在不是目標，也有可能在將來某一天變成目標。

「答對了。盧各，你適合當暗殺者，適合得嚇人。」

「因為我是爹的兒子啊。」

一瞬間，父親露出了難過似的臉。我無法理解當中的含意。

總不可能是對於把兒子養成暗殺者一事有所迷惘。

……有如此迷惘的人，怎麼可能施展出那般技藝呢？

雖然今天是做對外的工作，三天前在背地裡上工的手腕之精湛可就令人顫抖了。

正因為是我，才能了解他的技藝有多高超。在普通人看來，會覺得只是雲淡風輕地潛入，再割開目標的喉嚨罷了，應該不算多困難。

父親厲害的地方就是可以讓任何難度的工作看起來變得容易。由於一切都完美而毫無遲滯地了結，便讓人有那樣的觀感。

「盧各，我還沒跟你談到最後的考驗吧。」

「對。我一直很好奇。」

在接受考驗的那天，父親說過「會給我最後的考驗」。

「像上次那樣，圖哈德家的暗殺大多是潛入屋邸殺害目標，工作內容極為單純。因為單純便難以留下證據。然而，換成戒心深厚的貴族，就會準備無數結界與森嚴的保全體制，潛入將非常困難……遇到這種情況，我們多會假冒身分，並且參加目標主辦的派對等活動以接近對方；或者改換自身的立場，讓目標主動邀請。」

在前世，我也是那樣做的。廚子、大學教授、鋼琴師、服裝造型師、建築師、荷官，我用了各式各樣的身分來接近目標。

「圖哈德家也可以用對外的醫師面孔親近目標，再將死因假造成病逝。不過，患者正好是目標的狀況並不多。因此，我還有偽造的身分，常用到的是廚子與商人。舉例來說，貴族聘請專屬的廚子是常有的事，然而一旦要舉辦大規模派對就會缺乏人手，只好委託廚師工會，請他們派一流的廚子過去……於是，我們在廚師工會有門道，便可以用被指派的廚子身分混進裡頭。」

「嚇我一跳。因為我都沒有看過爹下廚。」

「你也就罷了，我下廚會讓你娘鬧脾氣的。」

父親能在貴族的派對上掌廚，手藝應該比母親還高吧。母親鼓起腮幫子的臉在我腦海裡浮現了。

「那麼，爹是要我也學會廚子的技能？」

「有比那更優先的技能。盧各，我希望你成為商人。貴族是富足的一群人，想要什麼都可以得手。既然如此，他們就會去尋求能勾起己欲的東西……海外國度的寶物；美

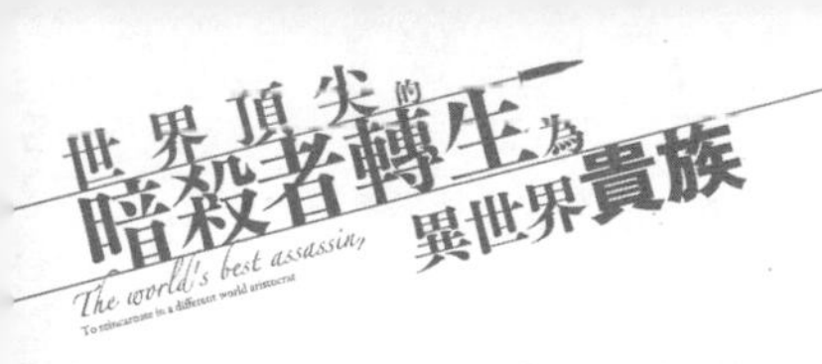

得無人見識過的寶石；由高超技藝催生出的藝術品，有商人帶著那樣的土產拜訪，貴族就會毫無防備地招待他們作客……說起來，還必須有知名度夠高的商會招牌就是了。」

「爹有門道可以掛上那種商會的招牌對吧。」

「沒錯。我有三個名字，亞爾班王國的男爵祈安．圖哈德；阿爾斯特的廚子托亞力．巴赫爾；寇爾拉多商會的少掌櫃德瓦夫．迦爾納。全都具備有實有據的戶籍，在紀錄上是實際存在的。要憑空偽造戶籍會露出馬腳……正因如此，在我出生的同時，托亞力和德瓦夫也就跟著出生了。」

「表示我除了盧各這個名字以外，也還有其他戶籍？」

「在你被生下來的同時，有另外兩個人也出生了。巴洛魯商會當家讓娼妓懷胎生下的孩子，伊路葛．巴洛魯；鐵匠之子沙菲爾．歐庫瑪。」

之後才偽造戶籍會有弊病。

因此，在出生的同時就要捏造兩個假戶籍。如此一來便不會產生蹊蹺，要查也查不出什麼問題……然而，將來就得替並非實際存在的兩人持續繳人頭稅，還要支付高額謝禮給兩人的家庭，或者欠下人情。

圖哈德家應該是明知如此而為之吧。

「先不提鐵匠歐庫瑪，真虧巴洛魯商會的當家肯協助偽造戶籍耶。說到巴洛魯，在穆爾鐸領的商業都市裡也算屈指可數的大商會。」

從圖哈德家來看，穆爾鐸領乃位於南方的領地，而且面海，可說是亞爾班王國最大的港町，在這個國家最為生意蓬勃。

能在那裡成為屈指可數的大商會，財力比圖哈德家更強。

「以前，我賣過人情給他們。兩年就好，到你十四歲的這兩年，我要你用巴洛魯兒子的身分去那裡學習當商人。盧各，你的另一個名字伊路葛·巴洛魯，表面上已經被送給外人當養子，以便討大房歡心。這次回去巴洛魯家，是因為大房的孩子臥病在床，家業需要另找接班……你的身世都已經安排好了。」

穩當無差錯的身世。不過，學習做生意的時間長達兩年，令我在意。

父親不會下多餘的指示，在那裡度過兩年自有其意義。

「我會去認識世界，建立人脈，張羅情報網。還有，我不會頂著巴洛魯商會的招牌，而是要用伊路葛之名站上足以被貴族邀請的地位。既然能在巴洛魯商會待兩年，起碼該做到這些啊。」

父親滿意似的點了點頭。穆爾鐸是這個國家最大的商業都市，亦為港町。

既然有全世界的貨物聚集在這裡，國內人們便會為此而來，同時也會讓五花八門的情報聚集到此處，應該比王都更適合稱作世界的中心。

若是在那裡度過兩年有意義的生活，就能打開視野，培養看世界的眼光。成功用商人身分活躍的話，應該可以牽成形形色色的關係，建立起人脈。

商會為了做生意，鋪下了各式各樣的情報網。學會利用那種情報網將有助於暗殺。

在最後要是能成為讓貴族們一聽見伊路葛之名便欣然出來迎接的大商人，我就可以獲得行遍天下的暗殺護照。

當前的目標就是這四項。

花兩年時間，替自己完成伊路葛．巴洛魯的身分。

身在暗殺世家，這固然是必要之務，卻也有助於殺害勇者。

在目前的情況下，別說找出勇者，連對方是否已經誕生都不清楚。我一直認為自己需要能從全世界收集情報的眼線。

資金、情報、人脈，有時任何一項都可以成為比戰鬥力更強的武器。

聽父親說明過以後，啟程的日子便決定在三天後。

醫術與暗殺術，只要兩項都能獨當一面，就要進行在外頭的考驗。

啟程接受最後的考驗之前，按往例會擺宴祝賀，只邀親戚齊聚於一堂。

我跟同宗的旁系成員每個月頂多見一次面，不過所有人的長相與姓名我都記得。

畢竟他們是寶貴戰力。旁系的血統並沒有嫡系純正，但是都具備魔力。如果發生戰爭，收到國家召集後就要率領他們作戰。

為避免事有萬一，暗殺生意只有百經磨練的嫡系成員在接，以防失手時事跡敗露，然而醫術也有繼承給旁系的親屬。

我明明想跟對方和睦相處，卻從剛才就被狠狠地瞪著。

那是大我四歲的堂兄，羅拿哈。他對料理看都不看一眼，只顧著灌酒。

而羅拿哈突然起身把酒飲盡以後，就拿玻璃杯砸了過來。

一直在提防的我便用巧勁接住玻璃杯以免打碎，然後擺到桌上。

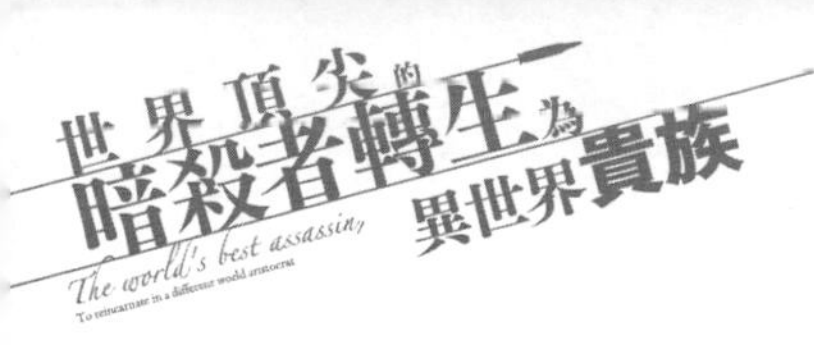

我的舉動似乎把羅拿哈惹得更火，他太陽穴的血管正頻頻抽動。

「我不服！下任當家居然是那樣的小鬼，我才不服！」

早從以前我就知道他有這種想法。

以往跟旁系親屬聯合訓練時，羅拿哈也一直惡意糾纏。

像這樣擺席祝賀，終於就讓他的不滿爆發了吧……在我身後待命的塔兒朵釋出了些許殺氣，我便用手勢告誡她。

羅拿哈的父親想吼他幾句，但我父親表示不必，並且開了口：

「嗯。羅拿哈，你對盧格的什麼地方不滿？」

「在盧馥之後會成為當家的應該是我！你們卻選了這種弱不禁風的小鬼接手，太奇怪了吧！我比較強！我才該成為下一任當家！」

盧馥是我的哥哥或姊姊，人已經亡故。父親和母親都避免提及盧馥的事，甚至到了不自然的地步，家中更沒有紀錄，我對其性別與年齡皆不知情。

羅拿哈恐怕一直認為當家位子在盧馥死後就會落到他手中，才對我感到厭惡……這讓人不太愉快呢。

「那就是你的說詞嗎？抱歉，但你不適合接掌圖哈德，從根本上就有了偏差。你的說詞似乎在主張最強之人才配擔任圖哈德當家，然而圖哈德是暗殺者。當你被迫與人一戰時，就已經淪為三流了。我們之所以磨練戰技，不過是為防萬一而已。」

父親所言正確。當雙方陷入戰鬥時，對目標的殺意已經洩露出去，暗殺是幾近失敗的。

當然，這話並不是說身手不必要。

若是身手高強，即使事跡敗露也能強行拿下成果，更可以突破重重包圍活下去，以利捲土重來……然而，那倒不用視為第一優先。

「少囉嗦，光明正大地當面把人宰了，不就行了嗎！」

我的頭痛起來了。我們暗中除掉的，都是無法明目張膽地處分的禍害。

暗殺之事萬一被人發覺，王室應該會宣稱是圖哈德家的獨斷，撇清關係吧。

他居然從那麼基本的事就不懂。

羅拿哈的父親正捧頭懊惱……唉，我明白他的心情。

「我想說的話倒是跟山一樣多。假設盧各比你強，你就認同他擔任下任當家嗎？」

「當然了。但是，假如我比較強，我就要他讓出下任當家的位子！」

羅拿哈炯炯地亮著眼睛，並揚起嘴角。在十二歲的小孩面前毫無成熟風範。

「好吧。那麼，你儘管動手，現在馬上。」

「咦？……啊！啊嘎……」

羅拿哈發出了糊塗的聲音。

這是因為我用纏有魔力的短刀抵住了他的咽喉。

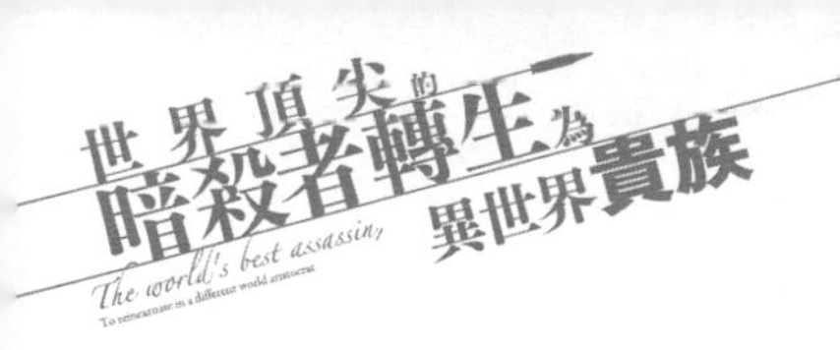

劃開的表皮流了血……假如我想殺他，早就得手了。沒錯，雙方甚至不用一戰，羅拿哈連發生什麼事都沒有理解就已經死了。這便是暗殺。

「看來盧各似乎比你強。這樣你滿意了嗎？」

「唔！唔！奇、奇怪？」

敗興……我從對話的走向料到事情會變成這樣，就趁羅拿哈把注意力放在父親身上時，屏息靜氣地潛到他的死角。

接著只等父親發下開戰信號的同時朝他近身就好。

「你、你好卑鄙。」

「暗殺者就是這樣的。我們跟騎士不同。方才我也說過就是了，羅拿哈，你似乎對圖哈德有所誤解……盧各，收起你的刀。」

我照父親吩咐，把短刀入鞘。

於是，羅拿哈隆起了肌肉。

「我可沒有……說我認輸啊～～～～～～！」

緊接著，他惡形惡相地揮拳招呼過來。

……受不了，為什麼他這樣還想繼承圖哈德家啊？

我躲開對方的手臂，並將手臂湊上去，用自己的腰一頂使出過肩摔，再趁他僵住時予以擒拿。羅拿哈還想胡鬧，卻完全遭我鎖制而掙脫不了。

他要做無謂的抵抗，我便折斷他的手臂。

「嘎啊啊啊啊啊啊啊啊啊啊啊〜〜」

何必大呼小叫呢？我折得乾淨俐落，好讓他立刻就能接回去。既然他具備魔力，讓圖哈德家治療過以後，兩天就接得回去。

「像這樣試過就懂了吧。即使用普通方式交手，也是盧各比較強……方才我說過，身手之強並非最重要的一點，但仍有其必要。儘管被迫與人一戰時便是三流，然而因為有本錢以應不測，才能使出大膽的手段啊。」

要避免跟人戰鬥。

但是，在絕對不可以戰鬥的條件下，能用的手段就會變得十分狹隘。

我看向羅拿哈，他已經屈服了，應該不會再胡鬧才對。

「怎麼樣，在場的各位，我兒子相當有一手吧？我可以保證，他在醫術、暗殺術都是凌駕於我的天才。剛才的行動也很出色，以暗殺者而言正確無誤。」

父親這麼一說，黯淡沉悶的氣氛便隨之開朗。

羅拿哈的父母表情複雜，但其他人都誇獎我是值得仰賴的接班者。

父親大概就是為了這樣的演出效果才一邊假裝規勸，一邊說話刺激羅拿哈。

不過，之後我必須去安撫羅拿哈。

因為他遲早會成為我的部下。

◇

終於到了出發前一天。我帶著土產拜訪羅拿哈。

「你要幹嘛？難道是來說風涼話的嗎？」

「沒。只是覺得，你大概正在消沉。」

我刻意用粗獷的語氣，並沒有像在父親或母親面前那麼恭敬。這樣就好。如果恭敬以對，會讓他覺得我在故作清高。

「……我才沒有消沉。丟人現眼讓我很不爽，居然輸給了小四歲的對手。」

「要那麼說的話，我爹可是被小了三十歲的小鬼玩弄在股掌之上。」

「難不成，外頭傳的都是真的？你才十二歲就打倒了歷代最強的圖哈德，表示從一開始，我根本就沒得比嘛。」

羅拿哈自嘲般笑了。

「是啊。羅拿哈，你無論怎麼做都贏不了我……不過，你也沒必要贏。只要我成了當家，圖哈德就會更加興旺。你若肯當我的部下，保證有更好的待遇。雖然你輸給我，卻仍有相當可看的身手。去年，我曾到王都觀摩由年輕騎士參加的大賽，二十名參賽者中，可以確定比你強的只有四個人。我想要你這個人才，作為圖哈德家的騎士，我期待你在戰場上活躍。」

所謂騎士，是以無法繼承家業的次子或三子，還有鮮少生於平民人家的魔力具備者所組成的常備兵力，非得通過嚴苛考驗才能名列其中。

與出事才會受召集的貴族們相比，騎士將征戰視為專職，訓練度更高。

羅拿哈的實力何止不遜於二十名如此的精銳，還能排在前頭。雖然衝動過頭的性情不適合當暗殺者，但在圖哈德家的棋子當中，光論身手他是數一數二的。

「喂，你以為那麼說就算誇到我了嗎？」

「是啊，沒有錯，還順便要招募你。」

「要什麼蠢啊。誰聽到同年齡層中比自己強的對手有四人之多還會高興？唉，不過，聽起來是不壞，總比讓你花一些奇怪的心思講奉承話像樣。」

「這是給你的伴手禮。」

「……這玩意兒是劍？輕得讓人難以相信，而且還很鋒利。是魔劍一類的嗎？」

「對，羅拿哈，劍比短刀更適合你。無論以性情或體魄來說，你當騎士都會比暗殺者稱頭。圖哈德也有騎士的工作，將來你若是成為我的部下，希望你能為我揮劍。」

羅拿哈把劍掛到腰際，然後大大地吐了口氣。

「哼，去去去。」

招募失敗嗎？從羅拿哈的個性來想，我本來以為用這一套比較容易成功。

我將手伸向門。

「等你兩年後回來，我會變得更像樣。被你一說，我想通了，我不適合幹暗殺那種小家子氣的事。我會成為你要的騎士，你到了那邊也要好好打拚。」

「好，彼此加油吧。」

原來如此，像他這種人也有不坦率的時候，這我要記著。

總之，我得到了優秀的騎士。

等我成為當家之際就要有效地運用。

◇

隔天，我在父母與領民們的目送下搭馬車啟程了。

「不用勉強跟來喔，畢竟我不在時也可以拜託同宗的旁系幫忙訓練妳，再說穆爾鐸是商業都市，跟這裡差異太大。」

「那些都沒有關係！我是盧各少爺的專屬傭人，所以無論少爺到了哪裡，我都會跟過去伺候的。」

塔兒朵也跟我一塊成行，還氣勢洶洶地帶了大包小包的行李。

……這麼說來，昨天母親曾把塔兒朵叫去房裡談了好一段時間。照母親的個性來想，她肯定加油添醋地對塔兒朵灌輸了什麼吧。

上馬車前，我用了染料將遺傳自母親的自豪銀髮藏起來。

既然要用伊路葛的身分度過兩年，我總不能顯露與盧各之間的關聯性。

「盧各少爺，穆爾鐸真令人期待呢。」

「是啊。」

走吧，不知道商業都市穆爾鐸會是什麼樣的地方。

我跟父親約好了，要在這兩年認識世界，建立人脈，獲得情報網，以商人的身分成功。

希望能成功到連同行都要派暗殺者過來的地步。換個立場讓別人對付我似乎滿有意思，視對手不同也會學到些東西。

短短兩年就要成功到那種境界，靠普通的手段並無可能。

正因為這樣才讓人鬥志高昂。我在腦海裡早就開始為此擬定計畫了。

用伊路葛．巴洛魯的身分把我該做的事情做盡吧。

Episode13

第十三話 暗殺者成為商人

The world's best assassin, to reincarnate in a different world aristocrat

日子過得很快，從我和塔兒朵兩個人來到穆爾鏵城裡已經過了半年。

我並不是以圖哈德男爵家的盧各名義，而是以巴洛魯商會的伊路葛身分度日。

為了不讓人認出我是盧各，我將醒目的銀髮染黑，還戴了眼鏡。

而且在服裝上也換了個形象，連語氣和嗓音、舉止及表情都有改過，沒有人把伊路葛和盧各當成同一人物。

……起初我也大感迷惑。畢竟圖哈德家雖靠醫術興盛起來了，但發達的終究只是領主與旁系親屬，領地本身仍是以農業為主的鄉村。

這裡一切的規模都不同。在物資聚集之處，就會有萬般人才聚集。

無論商人、木匠、鍊金術士、鐵匠、藥師都有。有各式各樣的人才聚集，自然可以產出各式各樣的物品，讓景氣扶搖直上。如此一來就會有更多的人聚集，促成良性循環，讓環境越漸發展茁壯。

度過半年以後，我喜歡上這座城市了。

可以的話，我也想用盧各．圖哈德的身分利用這座城市。

只要在這座城市開店，並且跟全世界通商，圖哈德領就能更加富足。

做暗殺生意遲早會遭到切割。為了職責結束之時著想，應該要確保新的收入來源。

抵達目的地了。巴洛魯商會總部的會長室。

「爹，我來遲了。」

「不會，抱歉急著把你叫來。」

「請問今天找我有什麼事？」

伊路葛是小妾生的孩子，為避免讓大房不悅，早已從家裡被人送了出去。後來，由於大房的孩子病倒了，才又趕著讓伊路葛接受商人教育以備不時之需，這就是安排給我的身世背景。

按照安排的身世，巴洛魯澈底灌輸了從商該有的初步知識給我。

頭三個月，我在商會裡生意最好的店鋪當店員，體驗到戰場般的忙碌。

一開始曾挨罵好幾次，但我學習業務，運用前世的知識來改善自己，讓工作得心應手，周圍也就認同我了。

於是，我在熟悉現場業務以後換到總部工作。

巴洛魯商會在穆爾鐸有幾間小賣店，店裡陳列的商品幾乎相同。

由總部評估需求，決定每間店各自進貨的種類與數量。

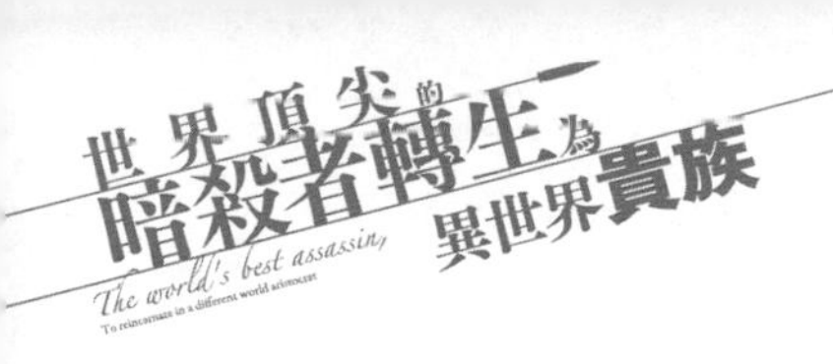

要說的話，總部的工作比較合我的性子。

一邊運用鋪設在全世界的物流網與情報網，一邊設法靠萬般手段收集情報，加以分析並評估需求，儘管做起來十分困難，其中的全能感卻令人難以抗拒。

找出之後會成長而吸引人的新商品，再跟供貨商交涉，很教人興奮。

正因為喜歡這種差事，進步就快，如今我已經得以擔任總部長的助理。

這個位子不錯，可以得到全世界的情報，全無誇張。

從物資與人員的流向就能將世界盡收眼底。

「伊路葛，你做得很好……我甚至想把巴洛魯商會交給你。」

「不可能的啦。貝魯伊德少爺正在康復，應該輪不到我。」

「那也要多虧你啊，伊路葛。原本我培育你，是為了還祈安人情……但是你身為商人如此有才幹，還幫忙治好了我兒子的絕症，反而是我占到便宜。這下我欠的人情倒變多了。」

從我來這裡以後，除學習經商之外，還接了另一項工作。

那就是治療巴洛魯的兒子，貝魯伊德。他得病這一點確有其事。

經過診察，我發現他得了癌症。由於還在初期階段，切除癌細胞以後便逐漸康復了。這個世界的醫療水準低落，只有圖哈德家能提供外科手術，別說癌症，連盲腸發炎都會被當成絕症。

還不只醫療水準，這個國家的主教覺得為了治療疾病就對肌膚下刀實在駭人聽聞，圖哈德家更因此受到指名批判，這也是世人不願動外科手術的理由之一。即使如此，仍有許多人想把病治好，我們便一直提供手術至今。貝魯伊德也是其中一人。

「爹，我們獲得的回報已經夠了，在這地方學到的東西非常可觀。」

我已經見識了在偏鄉當貴族過日就一輩子也看不到的東西。

何況我還利用商會的物流網與情報網，蒐集個人所需的情報，並且買進貨物。只要有世界屈指可數的商會情報網，原本不可能取得的貨色也能弄到手。

「那就好。我是個生意人，你救了我兒子，在工作上也幫了大忙，我要是沒辦法報答就丟臉了。如果你有獲得些什麼才讓人寬心……雖然到頭來，我還是會用其他形式來償還增加的人情。那麼，前面這些話拖長了呢。今天我叫你來，是為了交付新差事。看看這個。」

他遞來地圖與建築物的藍圖。地點離主要幹道稍有距離，面積則相當於較大的超商。在穆爾鐸想弄到這等店鋪，得花一筆莫大的金額。

「這間店不錯耶。這種地段，這種大小，感覺想經營什麼都行。」

「是啊，原本開在那裡的店倒了。伊路葛，你經手的店鋪都是以生活雜貨及食品為主，除了那些以外，巴洛魯商會的業務還遍及餐飲店、經銷武器防具的店家、經銷藥品的店家與各式各樣的商店。這裡開的店原本是專門買賣酒類，不過搞砸了。」

巴洛魯商會沒有其他專營酒類的店。表示說……

「這家店是範例，用來嘗試與既有店鋪不同路線才設的吧？」

除了增設既有店鋪之外，還開拓其他新領域。這應該也是其中一環。

只增設既有店鋪，事業遲早會停止成長。

所以，要涉足完全不同的領域，失敗的話就趁傷口尚淺撤退。

成功的話就依樣畫葫蘆加開店鋪。

「是啊，沒有錯。賣食品和生活雜貨的店競爭激烈難有成長，武器類沒有發生大規模戰爭就營收低迷，藥品也一樣……唉，最近魔物出現的狀況變多了，既然魔物像這樣增加，魔族大概再過不久就會復活。既然如此，武器、藥品的銷售額應該會一舉提升，但總不能毫無作為地只期待那天。我們巴洛魯商會仍有必要盡快朝高成長的領域發展。明明如此，卻連吃了三次虌。哎呀呀，生意難做啊。」

這麼說來，我有聽到一名幹部被降職的消息。

恐怕是店鋪範本搞砸的影響吧。

「表示這家店可以交給我來打理，我這樣想對嗎？」

「是的，有你就能帶來新氣象。我有這種感覺。」

「我來到這裡也才半年而已喔。」

「普通情況下我是不會拜託，可是，你在這半年以來辦到的事情並不普通。告訴你一件好事情，對商人來說，評估需求及行情的能力，還有談判術及接客術都很重要……但是，最為必要的是看人的眼光。我們並不是神明，能力到底是有限的。即使如此，只要有一雙能看透人的眼睛，想做的事情就可以達成。光是找出有能力的人，將工作託付出去便足以成事。一等一的商人正是如此。」

沉重的一席話。實際上，這個叫巴洛魯的男子就是如此打拚過來的。假如他光是拘泥於親自動手，事業應該會止步於單一店鋪的興盛吧。

不過，這個男子把店交給他人，還挑選出可以託付好幾間店的人才，藉此將幾十間店鋪經營起來，獲得了龐大的財富。

「爹，我受教了。準備期間、預算，還有可用的人員呢？」

「計畫先給一個月，改裝工程再給一個月，預算隨你運用，需要的人員由我這邊來張羅。對店鋪只有一項限制，不能有損巴洛魯商會的格調。你辦得到吧？」

我心裡雀躍不已。來到這裡是為了替暗殺鋪路，也是為了提升商人身分的頭銜……只要這個案子成功，就能讓雙方面都實現。

「我會將事情辦成的。」

「請你多多加油。順帶一提，只要這項計畫成功，作為範本的店鋪就會加開下去。而且，各店鋪上繳給總部的利潤都會付5％給你。這並不是特別待遇，開拓了新市場的人就能得到相應的報酬，這就是巴洛魯商會的立場。」

「我越聽越有勁了。」

錢這玩意兒再多都不夠。物資、人才、情報，要獲取這些也都需要錢。

「那麼，祝你成功，我的另一個兒了。」

「請包在我身上，我會成功給爹看的。」

「哦，看來要怎麼著手，你心裡似乎已經有底了。」

「這是當然吧。沒有商人在這座城裡待了半年之久還不思考自己要怎麼做生意的。

即使沒有這次的案子，我本來也打算自己提企畫。」

「……伊路葛，沒辦法找你當接班人真讓我不甘心，你實在適合從商。」

於是，我收下資料還有大量的預算，離開了現場。

這間新店鋪，我絕對要經營成功，不是以巴洛魯商會的名義，我要取得光靠伊路葛．巴洛魯之名就足以被人認識的知名度。

我一邊思索新店鋪與主打的商品一邊回家。

租來住的房子是中產階級會住的等級。由於位在郊外，以租金來說庭院算寬廣。有三個人同住，還會在這裡訓練，寬廣的庭院絕不能少。

開門以後就傳來了兩人份的腳步聲。

「歡迎回家，伊路葛少爺。」

「你回來了啊，伊路葛哥哥。」

其中之一是從圖哈德領跟我一起來的幫傭塔兒朵；另一個則是與我同年的知性少女，瑪荷。她的體型苗條，潤澤的藍色秀髮頗具特徵。

我們三個在穆爾鐸是一起生活的。

雖說回到了家裡，但我並不會被人用盧各這個名字稱呼，也不會解除伊路葛的喬裝或改回原本的說話口氣。

工作上常有訪客，誰曉得鬆懈的話會在什麼部分露出馬腳。

「抱歉回來晚了。爹有新差事要交給我……有一間店會交給我接手，要做的事情將與之前那些店都不同，會很辛苦，而且正因為這樣才讓人胸口澎湃。」

「不愧是伊路葛少爺。明明來這裡才半年，居然就能接到這麼大的差事。」

「我也對哥哥的活躍感到驕傲喔。明天，我會在店裡炫耀一番。」

「呃，在正式動工以前，妳們能不能先別提？」

兩人對我說的話點頭。

瑪荷叫我哥哥，但這不表示父親有私生女。

她是我在這地方救來的女孩。

……很久以前我就認為進行暗殺之際需要一支團隊，她便是候補成員。

暗殺團隊可舉出的最低條件為具備魔力。

通常只有父母雙方都具備魔力才生得出具魔力的後代，然而普通家庭差不多在一萬人之中也會產下一名突變的後代。

穆爾鐸比圖哈德多好幾倍人口，找到具備魔力者的概率就高。

打對算盤的我成功找到了瑪荷。

她之前待的孤兒院是為了領取城裡發放的輔助金而營運，養育環境低劣到頂多死不了人，甚至不時會有虐待之情事。

領養她很容易。孤兒院主人是看在錢的分上收養小孩，只要先付瑪荷到成人為止所能領取的兩倍輔助金，事情一下子就談妥了。

我才十二歲，要領養孤兒太過年輕，但我在巴洛魯商會工作，而且巴洛魯也願意替我作保，因此就滿足了領養的資格，還像這樣過起三人生活。

「我幫你把外衣掛起來，伊路葛少爺。」

「交給妳嘍。」

塔兒朵勤快地照顧我。

因為有塔兒朵在，我才能專注於該做的事情……而且，雖然我不會說出口，但我在精神上也受了她的幫助。

轉世成盧各的我有了心靈，萌現出前世沒有的情緒。

那也產生了弱點。寂寞、無助、不安。我會有這樣的念頭。但是，只要有塔兒朵在，我就能拋開那種情緒。

有家人是種福分。

「伊路葛哥哥，今天我跟塔兒朵一起做了晚餐。」

「那真讓人期待呢，瑪荷，因為妳燒得一手好菜。」

「是啊，你可以好好期待喔，今天可是我的自信之作。」

我領養瑪荷是在四個月前。

由於她持續受到虐待，不只身體衰弱，還變得無法信任他人……因此很容易處理。

越是這樣的人，越需要找可信賴的對象。

運用洗腦技術潛入她的內心，並且深植對我的親情與忠誠。

多虧如此，瑪荷把我當兄長仰慕了。

「妳在店裡處得順利嗎？」

「當然嘍，我不會讓伊路葛哥哥顏面掃地。」

對瑪荷施與教育之後，我安排讓她白天在巴洛魯商會工作。

畢竟她是商家的女兒，在父母被宵小殺害前曾受過高等教育，頭腦不錯。

遺憾之處在於瑪荷缺乏戰鬥天分，作為實戰部隊的適性低。

不過，情報收集、籌措物資及後援應該可以交給瑪荷，我也會把她鍛鍊到能自己保護自己的程度。

「像瑪荷這樣，似乎也能當我經商的左右手呢。」

「假如伊路葛哥哥希望，我會當給你看。」

而且讓她在巴洛魯商會工作也是我下的一步棋。

等我離開這座城市以後，我打算讓瑪荷留在穆爾鐸。

將這地方建立的情報網連同伊路葛・巴洛魯的工作交其接手，再讓她收集必須的情報或物資給我。

為此讓她在巴洛魯商會工作是最適當的。

只要瑪荷學會基礎，我就挖她當祕書。接著要成立的品牌將來應該也會讓她包辦。

瑪荷哼著歌，把湯、肉類料理和麵包端了過來。

我們三個開始用餐後，瑪荷便盯著我的臉。

她應該是希望趕快聽感想吧。我把湯舀進口中。

「瑪荷，培根排與湯都很美味喔。妳是不是把煎培根的油加進湯裡了？」

「虧哥哥吃得出來。這塊培根品質非常好，所以我希望連煎完的油都能享用。」

「明明少爺是託我照顧瑪荷小姐，我反而有好多事可以向她學習，感覺都快要失去自信了。可是，我不會輸的！尤其是烹飪！來來來，請少爺也嚐嚐我烤的南瓜派！」

我和瑪荷看塔兒朵燃起競爭意識，都跟著笑了出來。

塔兒朵能交到同年齡層的朋友，我覺得很好。

以塔兒朵的情況來講，她有優秀的反射神經與動態勢力，身手也靈活，適合擔任實戰部隊。她反倒不擅長思考複雜的問題，而且視野狹窄，因此不適合在後方支援。

正巧跟適合擔任後援的瑪荷分成了不同的定位，有意思。

進行暗殺時，應該會變成由我和塔兒朵動手，瑪荷來負責支援的體制。

我們一邊閒聊，一邊愉快地用餐。

「那你想開什麼樣的店呢，伊路葛哥哥？」

我有答案，但我重新在腦中做整理。

必要的條件有二。

其一，能賺錢。這是絕對條件，這項事業不容失敗。

其二，得是貴族需要的商品。既然暗殺本職會利用到，挑這種生意來做才方便。

「我要開迎合女性的店。以化妝品為主力，然後我還想進一些利於保存的甜點。話雖如此，剛起步就提供廣泛的貨色會讓賣點失焦，所以最初我會專營化妝品。」

女性的購買慾比男性強。

尤其貴族的千金小姐或夫人更會貪求美貌與甜食，對化妝品及點心毫無招架之力。

……還不只如此，她們最喜歡特別待遇。假如在這個國家屈指可數的化妝品廠牌代表表示肯準備專屬於妳的特殊化妝品及點心，還主動上門拜訪，消息一出，小姐與夫人們應該就會毫不考慮風險地欣然招待我作客吧。

「化妝品還有甜點都好棒喔！」

「我覺得哥哥的點子不錯。最近景氣好，我想化妝品的需求不會少。不過，賣化妝品的店家在穆爾鐸可多了，要有強處遠勝其他人的商品，感覺會非常困難……畢竟用來養顏美容的東西得塗在肌膚上，沒辦法冒險的。除非有格外特殊的理由，否則還是會買知名廠牌的產品喔。」

兩個女生都樂意接受。試驗品完成以後就讓她們用吧。

話說回來，瑪荷實在是敏銳。再沒有比新化妝品牌更難打入市場的了，因為那是重

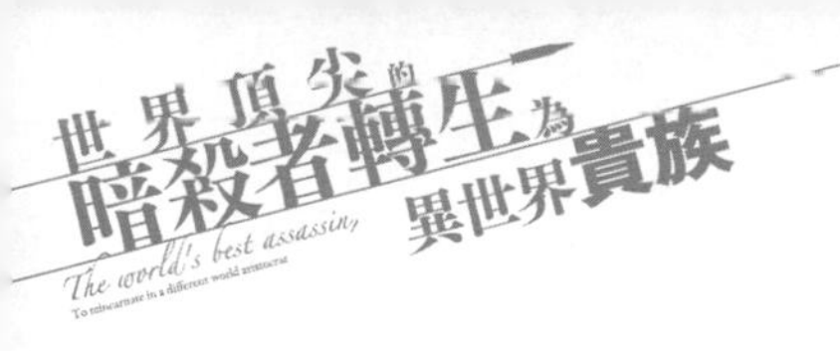

品牌甚於品質的商品。

「這些我也想到了。我會製作魅力足以將新廠牌劣勢拋到腦後的商品。」

「所以仍需要保密嘍？我會抱著期待的。」

「等可以告訴我們以後，請少爺也讓我用用看！」

熱鬧的晚餐不壞。我想起待在圖哈德家的時候。明明做著暗殺生意，圖哈德的家庭卻是溫暖的。而且，跟這桌人吃飯也一樣溫暖。

……如今瑪荷是可以像這樣熱鬧開心地跟我們用餐，但她起初也曾悶悶不樂，還會害怕，讓人費了不少苦心。

克服了那段日子才有現在。

用完餐以後，響起了敲門聲，我就叫對方進來。

「抱歉在夜裡打擾。我今天也過來了。」

如此開口現身的人是巴洛魯的兒子，貝魯伊德。跟伊路葛同父異母的哥哥，年紀大三歲。

之前貝魯伊德曾患了在這個世界無藥可醫的絕症，但我已經把他治好了。

然而，幾乎每天他都會帶著塔兒朵或瑪荷喜歡的點心盒出現。

「貝魯伊德少爺，時間剛好呢，我們正要開始上課。」

我這兄長來訪的目的，是要旁聽我為塔兒朵和瑪荷上的課。

暗殺需有廣泛的知識與技術。

藥學、科學、物理學、心理學、經濟學與法律。我一點一點地把這些教給她們倆。

他來這個家接受治療時看見我們上課，就感到十分有興趣。

「請問今天要教授的是什麼呢？」

「昨天物理學的後續。」

「那真令人期待，我特別喜歡物理學。過去在身邊覺得理所當然的現象，可以理解其理由，學會之後還能有目的地引發那些現象。」

「那正是物理學的醍醐味。」

「噢，對了，恭喜你，聽說父親要把新店鋪交給你。在巴洛魯商會，那是最有實力的年輕新血才會被交派的工作。成功的話，將來你肯定能當上幹部。若需要協助請跟我說一聲。」

圖哈德家的祕密只有巴洛魯知情，貝魯伊德以為我是小妾的兒子。有能幹的弟弟出現還獲得父親賞識，就會心生嫉妒；接班人之位被搶，則會焦慮或排斥。然而貝魯伊德卻跟我莫名親近，甚至來向我求教。

不可思議的一個人。給塔兒朵和瑪荷上課時順便教教他也不會費工夫，雖然課堂結束後的訓練就實在不能讓他觀摩了，但聽個課倒無所謂。

反正我也不討厭他……畢竟有利用價值。

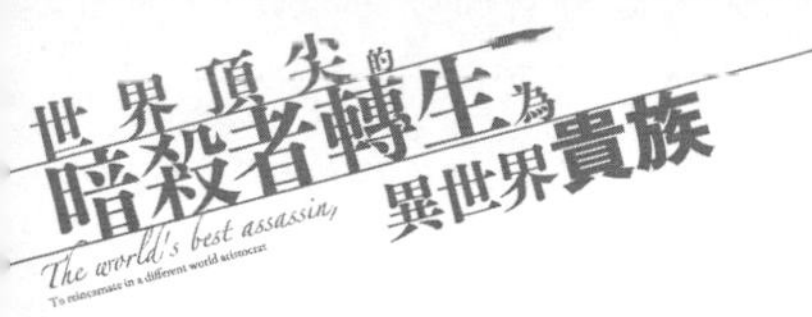

他是優秀的商人，也是巴洛魯商會未來的主宰，先把關係打好並不會吃虧。

「那麼，我們開始今天的課程吧。」

我把手抄的講義發給他們三個。

像這樣培育他人饒富樂趣。

學生全都熱心求教，站在授課方的立場也很來勁。

我一邊講課一邊繼續考察新店鋪要賣的化妝品及主打商品。

這個世界裡沒有，在我的世界則是理所當然會使用的東西。

沒錯，這個世界的所有女性在化妝時也將理所當然地用上那東西。

創造出來的利益將接近天文數字，伊路葛・巴洛魯這個名字更會變成無人不知無人不曉。我要製作的就是如此厲害的玩意兒。

換作平常，該去總部露面的時間到了，但我正專注於準備新店鋪。

我在家裡憑著記憶，製作這個世界沒有的化妝品。

即使對配方印象模糊，只要有化學知識就能從效能逆推回去，何況我有製作經驗。

以前，我母親曾為此所苦，希望替她解憂的我就把東西做了出來。

如今能弄到的材料比在圖哈德製作時更多，我便改良配方。

趁著早上，試驗品需要的材料一覽表已經做好了。

只要麻煩巴洛魯商會的調度部門，材料應該在明天傍晚就會送到。

◇

「明天傍晚會送到，我本來是這樣想啦……」

試驗品所需的材料過中午就送來了，當中明明也有稀有的材料。

「可見這是巴洛魯給我的訊息：動作要快。」

從巴洛魯的性子來想就知道。他得知我索取了試驗品要用的材料，便能推斷我對開什麼店鋪已經心裡有譜，八成明天就會找我過去問清楚。

那個人行動與決策都快。與其力求完美、經過細心準備再做簡報，他更會要求有雛形就好，趕快先把東西弄出來；用口頭講講就好，能早一秒把構想告訴他才要緊。

這樣的話，假如點子不能用就可以立刻毀棄換下一個方案，假如巴洛魯認為有指望，就可以趁我研發商品的期間讓後援體制就緒。

「……商場的能手真恐怖。」

我立刻開始著手。至於材料，有剛剛送到的頂級橄欖油、水質為軟水的地下水、從各類香草萃取出來的芳香精油與各式各樣的藥草。

將這些加工以後，透過混合調製而成的化妝品，才是我要創造的主打商品。

說來理所當然就是了，橄欖油與水在正常情況下不可能互溶。

為了使其互溶，會用到一點化學知識和另外準備的材料。

好，來做吧。香草與藥草的搭配可以有無數變化，香味與藥效的均衡不容易調整，光靠今天一天無法做到完善，但是到明天應該可以做出相對出色的樣品吧。

◇

隔天，我在巴洛魯指定的時間到了總部的會長室。

由於新店鋪的主力商品在昨天之內完成了，我就聯絡巴洛魯表示想見面一談，還拜託他絕對要帶太太到場。

我一進房間，巴洛魯就滿面笑容地打起招呼，太太則是不悅似的瞇了眼睛。

她把我當成巴洛魯讓娼妓懷孕生下的小孩而感到嫌棄。

「感謝你們為了我撥出時間，爹、娘。」

「我本來就覺得伊路葛辦事很快，沒想到才兩天就能準備出主力商品。」

「要我專程到場，假如拿出來的東西沒意思，我可不饒你。即使沒有今天這回事，我也一樣討厭你。」

太太用顯而易見的敵意對我，反而讓我有好感。這比表面上笑臉迎人，肚子裡卻用敵意相待的對手好多了。

她用頭巾遮著臉孔。

因為我拜託她不化妝就過來，愛面子的她沒化妝就不敢露臉。

「我準備了足以回報兩位期待的商品。新店鋪的主力產品會是化妝品。」

「這個嘛，我倒是不太有意願。化妝品重視廠牌甚於一切，並非以品質為優先的商品，晚到的廠商要打進市場會很坎坷。就算能捧出熱銷商品，化妝品褪流行的速度還是太快，無法期待有長遠收益。」

句句正確。不愧是巴洛魯。

「假如我們要賣既有的化妝品……應該是這樣沒錯。我來請教太太吧。化妝能讓女性變美，然而，代價是會傷到肌膚。比如在就寢前辛辛苦苦用肥皂卸了妝，隔天早上一看，就會發現膚質因為上妝與肥皂而大受損傷，您說是不是？」

「……唔，這點我是不否認。即使如此，為了變美還是要化妝。」

在這個世界，早就有口紅、粉底、腮紅等商品上市，卻沒有使用化妝水或乳液的文化。

簡單來說，就是即使有妝點自身的觀念，也沒有護膚保濕的觀念。

不用化妝水或乳液保護肌膚就上妝會傷害膚質，而且在卸妝之際要用大量肥皂，那會在洗清髒汙時一塊從肌膚奪走過多油分。

沒有油分會使得水分流失，讓肌膚乾燥受傷害。

這地方空氣乾燥，化妝越多的女性越容易為肌膚問題所苦。

「女性對美的熱忱令我俯首。然而，有惡性循環產生也是事實。為了掩飾化妝傷到的肌膚就要化更厚的妝，更加傷害肌膚。我要讓女性從如此的煩惱中解脫。這就是有此功用的美容品……我把它取名為乳液。」

我如此斷言以後，太太就稍微向前探身。

愛面子的這個人最受化妝害處之苦，聽得津津有味。

我拿出裝在別緻瓶子裡的乳液。

太太拿起，打開瓶蓋，用手輕輕沾起乳液。

雖然化妝水也一併製作出來會比較好，但我只做了乳液。

在日本一般會用化妝水添上水分，再塗乳液保濕。但是換成歐美就不用化妝水，一般只塗乳液而已。

比起日本，這裡的文化與歐美較相近。更何況，假如非得用化妝水與乳液兩種保養品的話，大有讓人嫌麻煩便敬而遠之的風險，因此我才做歐美式的乳液，將水分比例調高，並且調整藥效成分，好讓女性可以只擦乳液就了事。

「白濁黏膩的液體。這是什麼東西呢？」

「這是用來濕潤乾燥的肌膚，使其保持濕潤狀態的化妝品。所謂化妝，是透過修飾來營造虛假的美，然而這不一樣。它的功能並非修飾，而是療癒肌膚、保護肌膚，讓人從根本變得美麗的保養品。只要用過就會曉得。請塗到臉上試試看。」

儘管太太內心存疑，卻敵不過變美的誘惑，便將頭巾摘下。

頭巾底下，有著經過連日化妝，又用肥皂硬是將其洗掉，還遭到乾燥空氣夾擊而受損乾裂的肌膚。

太太又拿起乳液，並且塗到臉上。接著，她將那薄薄地揉開……然後睜眼。

「真不敢相信。叫乳液的這玩意兒滲進表層，讓皮膚逐漸變得濕潤。摸起來滑滑嫩嫩。像這樣的膚質，都不知道有幾十年沒見過了。」

巴洛魯看了妻子的臉，然後實際拿起乳液開口說：

「這是油嗎……可是以油來說，又實在太水嫩。」

「爹的眼光果然厲害。這種化妝品正是水嫩的油。抹普通的油，只會讓臉蛋變得一塌糊塗，然而，使其含有大量水分與有益皮膚的藥效成分，就能滋潤肌膚，加以療癒，並且靠油的力量來鎖住那些水分。」

「這太棒了。我可以感覺到肌膚在喜悅呢。而且聞起來好香。」

我想也是。肌膚乾成那樣，油分和水分都流失殆盡，擦了乳液當然會喜悅，再說這種香味就是用太太中意的配方調製的。

「乳液也會成為護甲。請把妝化在乳液上面。油的表膜會保護肌膚，即使用以往那些化妝品也不容易傷害膚質……」

我話還沒有說完，太太就已經從皮包裡拿出全台化妝道具，用粉底抹白肌膚，再用胭紅添增紅潤。

「哎，好容易上妝呢。」

「肌膚多了一層保護膜便不會凹凹凸凸，上妝就變得很容易。請問您中意嗎？」

「雖然我討厭你，不過我認同這是好東西。這一瓶，我就收下了。然後，你盡快再幫我準備三瓶……不，五瓶。」

太太把試驗品收進皮包。可以看出她的態度就是說什麼也不會還來了。

「既然我的妻子高興，這應該是貨真價實。伊路葛，用你的話來談談勝算。」

「好的，這會成為化妝界的革命。所有化妝的貴婦都將需要這種乳液。為了療癒肌膚、保護肌膚。」

接著我停頓了一下，這樣能加強下一句話給人的印象。

「這並不是要替換過去的化妝品。從今以後，塗這種乳液會變得理所當然……老爺，您應該懂得其價值吧？」

這就是我選擇了乳液的理由。對化妝應有的方式揭起革命。我並沒有要從現存的化妝業界搶客人，而是添加新的習慣。客人則是所有會化妝的貴婦。

怎麼可能不賺錢。

「我對化妝這回事不太了解。蜜拉，這種叫乳液的玩意兒，妳覺得妳那些朋友會想要嗎？」

「我根本無法想像會有女性不想要這東西。本來，無論伊路葛做了什麼商品，我都打算嘲笑他，把他奚落一頓的。可是有這個，我就把那些念頭全拋到一邊了。如果是為了得到乳液，我連這個娼妓生的小孩都能認作兒子。」

「是嗎，這麼有價值啊……」

巴洛魯閉上眼睛，詳加思索。他緩緩吐了一口氣開始說：

「既然如此，就把巴洛魯商會的所有資源投注進去賭一把吧。蜜拉，麻煩妳把乳液發給那些朋友，讓消息傳出去。」

「我的朋友可多了喔。」

「蜜拉，只要商品有貨，妳就讓她們用，把消息傳出去。每個人只能給一瓶。假如有人想要第二瓶，妳就說商會預定要賣，跟對方拒絕掉。伊路葛，你在一週之間能準備多少數量？」

「生產體制還無法安頓下來的這段期間，將會由我一個人製作，因此每週大約兩百瓶就是極限。」

「要僱人手也是可以的喔。」

「假如爹不在意製作方式外流，那我會照辦。恐怕只要乳液一賣出去，其他商家馬上就會跟風吧。」

「……瞧我都急得失了分寸。起碼在奠定品牌地位之前，要將市場獨占才行。我會派兩名可以信任的助手給你，他們絕不會洩露情報。你就盡可能多製造乳液，完成多少便送多少過來我這裡。蜜拉再以貴族、資產家的夫人為中心把東西廣發出去，讓消息在上流階級間傳開。伊路葛，你就是為此才要我把妻子找來的吧。」

「正是如此。無論創造了多棒的商品，光是那樣也沒有意義。既然乳液有這種簡單易懂的效用，就要靠太太的社交網口耳相傳。因為沒有比這更有效的宣傳方式。」

為了讓商品價值獲得認同，也為了將其散播出去，我需要太太們的力量。

新商品要讓人拿到手裡並不容易，假如是直接用在肌膚上的東西就更有抗拒感。

不過，只要有可以信任的熟人使用，自己也會想用。而且要是效果顯著，就會想告訴其他人，讓消息逐漸傳開。

走到這一步才算勝利。光是做出美妙的商品並不會大賣。

尤其以貴婦當對象的話，靠口耳相傳來散播消息更是絕對條件。

「你建立生產體制要花多久時間？」

「大約一個月……然後還有一個問題。要製作水嫩的油，必須有特殊藥品以解決水油相溶的矛盾。那是靠圖哈德的祕方，必須從該地進貨。我想想，製作一瓶乳液差不多要這樣的價碼。」

我出示寫著乳液材料，還有各項進貨預期價碼的文件。

「……考慮到乳液的預期售價，這個價碼算便宜，但是圖哈德很遠呢。」

巴洛魯看向我的眼睛，彷彿在摸索我的內心。

「所以才不容易讓祕密洩漏出去。沒有那種藥就製作不出乳液。或許把圖哈德的藥

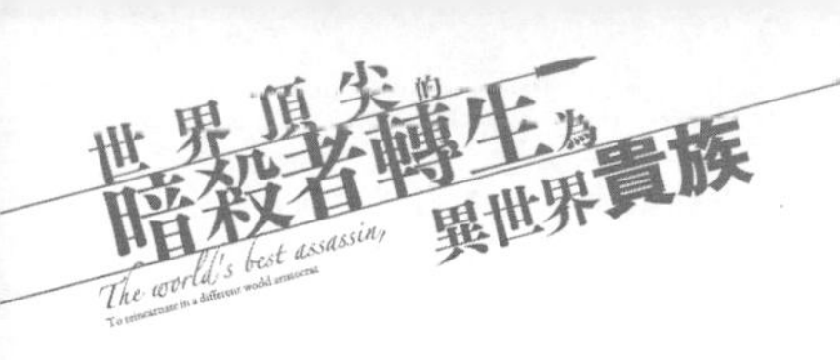

師叫來，讓他們在這裡作業也是可行的，然而洩密的風險會提高。只要祕方仍是在圖哈德製作，我敢保證圖哈德能守住祕密，而且不會把藥賣給其他商家。」

「那好吧。跟圖哈德進貨一事交給你去談。」

「我明白了。」

這是為了避免乳液製造法被偷的方策。

要讓油水相溶，必須用到卵磷脂。原料是大豆，從大豆榨出油。

將其過濾去除雜質後，再加水逐步攪拌，等油分離出來就可得到糊狀的卵磷脂。

這正是來自植物的天然乳化劑，能將水與油結合在一起。

做不出乳化劑就無法讓水與油相溶，乳液便不能完成。

圖哈德有情報絕不會外洩的環境可以製造卵磷脂，卵磷脂的存在能防止其他商家仿冒乳液。

……基本上，這是顧及圖哈德利益的措施，更是避免我被人用過就丟的保險手段。我也不會把卵磷脂的做法教給巴洛魯商會。

「伊路葛，我再重複強調，巴洛魯商會將把所有資源投注於這種乳液，一旦成功，你會成為巴洛魯商會的新品牌代表，名聲應該能響遍全世界。但是失敗的話有何後果，你曉得吧？」

「當然了。我定會讓事情成功。那麼，我這就去著手處理。」

主力商品決定了。還能得到巴洛魯商會的全力支援。

成功形同已經有了保證。照這樣下去，伊路葛・巴洛魯就會成為替巴洛魯商會建立化妝品牌的男人之名而提高身價。

有這般水準的話，要取得暗殺對象信任也輕而易舉。以追求美的夫人們為對象，也能宣傳自己是爆紅化妝品牌的代表。

還不只如此，一旦成了巴洛魯商會的新品牌代表，情報網與物流網都可任我使用，還有一筆莫大金額會進我的口袋。

成功近在眼前。加緊腳步照這樣拚吧。

……之前我說過或許會換個立場被人暗殺的玩笑話，這下可不是玩笑了。其他商家會想除掉我，自家人出於嫉妒，或者為了問出乳液的製作方式，也會起意綁架我。

那倒好。正巧可以讓塔兒朵和瑪荷她們倆累積實戰經驗。

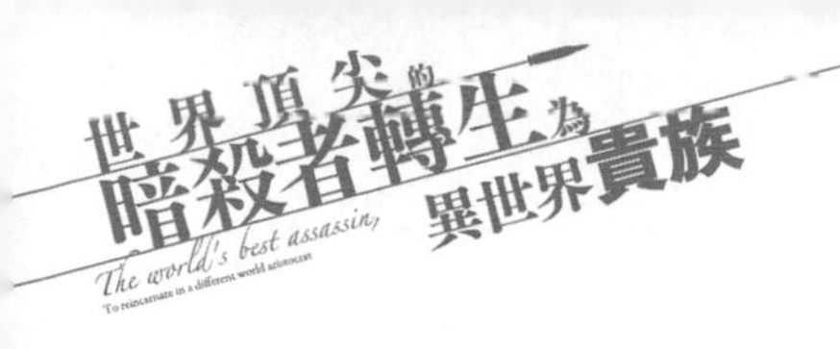

Episode16

第十六話　暗殺者獲得成功

The world's best assassin, to reincarnate in a different world aristocrat

乳液試驗完以後，原定的計畫提前，販售化妝品的新店鋪一個半月後就開幕了。

化妝品牌取了個名字叫歐露娜，從開店後經過半年，如今已經成長到無人不曉的地步。

以乳液為主的藥妝店以想像中數倍的規模熱銷。

應該要歸功於由太太帶起的乳液風評聲勢驚人吧。

我體認到自己太過看輕貴族及資產家夫人口耳相傳的社交網了。

多虧如此，店鋪連日大排長龍，乳液剛進貨隨即銷售一空。儘管牛產體制正逐步加強，供應速度至今依舊趕不上。

無論再怎麼增加生產數，馬路消息都會更加遠播使需求提升。

何止其他城市想買，甚至有客人從鄰國遠道而來，之前穆爾鐸伯爵還接到了別國王室的親筆函要他提供乳液。

……如此風光的活躍背後，有熾烈的情報戰正在展開。

為了竊取乳液的製作法，天天都有其他商會派來的奸細潛入生產工廠，收買員工也成了家常便飯。

那是怎麼防也防不完的事情。

橄欖油、水、調配過的藥草及香草……另外還摻了謎樣的藥劑，至此為止的成分都已經洩露出去了。

不過，藥草與香草的配方，還有在生產據點被稱為祕方的卵磷脂要如何取得製作皆未洩底，目前除了巴洛魯商會之外沒人做得出乳液。

卵磷脂的製法沒有洩露，是因為東西並非在穆爾鐸城裡製造，而且巴洛魯做了偽裝來掩飾從圖哈德進貨的事實。

假使東西在圖哈德製作一事洩露了，圖哈德領還有父親留心不讓祕密外揚的完善生產體制，而且領民口風都很緊。

基本上，敢潛入暗殺者的所有地會落得什麼下場，一想就知道。

與此同時，圖哈德領在其他方面也吃了苦頭。

卵磷脂的需求量高到離譜，領地所種的大豆根本轉眼間就消耗完了。

話雖如此，光是表示「製造不出更多了」也無法讓人接受，所以圖哈德領還暗中向其他城鎮蒐購大豆。

「其他商會也想賣乳液，製法始終偷不了。如此一來，對方按捺不住會把矛頭指向

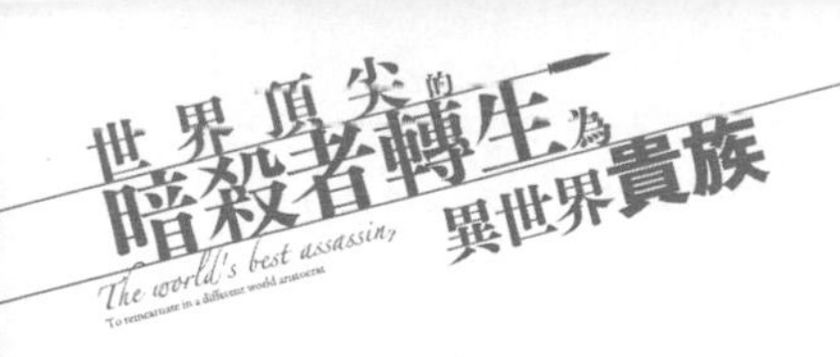

確切知情的人固然合理，不過沒想到居然這麼好猜。

事情被我料中了。

深夜，有屏息技巧還算高竿的賊人潛進屋裡，正從閣樓往寢室靠近。

既然以我當基準可以評為還算高竿，對方就是一流的。

不過，想逮住我還差遠了。

要對付很容易，但是對她們倆來說會成為不錯的教材。在有人被殺前保持觀望吧。

來者抵達我的正上方，無聲無息地在天花板開了個小孔。

恐怕會用吹箭或某種方式發射塗了毒的針吧。目的不在於殺害，而是綁票問出乳液的祕密。

……那麼，塔兒朵和瑪荷會如何行動呢？

答案立刻來了。

塔兒朵進房間之後，就撩起裙子。

右邊大腿佩掛著短刀，左邊大腿則有摺疊成三節的金屬棍，她將其抽出。

短棍被接在一起，並且靠附屬零件和短刀連成長槍，貫穿了天花板。

長槍是近身戰最強的武器。據說持劍與長槍搏鬥，用劍的一方要有三倍的能耐，加上塔兒朵還有用長槍的天分，她恐怕具備【槍術】的技能。

這種可以藏在身上的長槍是我送她的生日禮物。塔兒朵十分中意，還說那是她的寶物，每天都少不了保養。

可以視狀況、間距將長槍與短刀分開運用的塔兒朵，身上已經有了跟尋常騎士正面對決也能將對手打敗的力量。

「少爺，有手感。」

看來賊人沒有蠢到慘叫出聲，然而紅色痕漬正逐漸在天花板暈開。

大概不是致命傷，但是塔兒朵用來收納短刀的鞘裡塗有神經毒。

那是我用知識將圖哈德的獨門祕方改良過的特製品。除非體質特異，要不然擦過身體時就會變得連一根指頭都無法動彈。

連要避免吐出雇主情報而自殺都別想。

天花板被卸下一塊板子，瑪荷從中探頭了。

「順利逮到嘍……我已經堵住了這個人的嘴然後五花大綁，以防他自殺。」

塔兒朵與瑪荷察覺有人入侵以後，就立刻由塔兒朵負責護衛並迎擊，瑪荷則一面截斷對方退路，一面採取支援。應該可以給她們打個及格的分數。

「做得好。居然能察覺這個等級的暗殺者，還將其擊退。我也以妳們為傲。」

察覺暗殺者入侵的速度，之後所擬定的對策，還有實行時的果決。雖然並不算完美，也已經超過了一定水準。

「呵呵，少爺，我好高興。」

「就是啊。之後要忙也更來勁了呢。」

「我只有口頭教過妳們拷問的知識對吧。這樣正好，終於可以實踐了。能讓他吐出雇主的情報，就會成為一張不錯的底牌。該怎麼做才不會讓對方自殺，又能迫其吐出情報，妳們可以一邊下工夫一邊嘗試。為此所需的技術已經教給妳們了。」

「我會加油的！因為他是打算害伊路葛少爺的人，我不會留情。」

「是啊，我也生氣了……還有，事情辦得順利的話，要誇獎我喲，伊路葛哥哥。」

何況她們為了我，可以毫不遲疑地殺傷他人，很好。

有別於我，她們倆無法用死囚進行適應殺人的訓練，因此能否下殺手有讓人擔憂的地方。但是，比起對殺人的忌諱感，她們想取悅我，想為我做些什麼的心意似乎更濃。

……她們倆是如此惹人疼愛。這樣即使在實戰也能派上用場。

那麼，當她們忙著拷問的這段期間，我就去打掃被血弄髒的天花板，順便做點補給品吧。

今晚似乎會是漫長的一夜。

◇

今天是每週一次的假日。

成立化妝品牌歐露娜過了半年，每天卻還是忙得像戰場一樣，仍說不上過得安穩。

可是，人沒有適度休息就會病倒。身為商人的工作，還有塔兒朵與瑪荷的訓練，今天都一樣放假。

我交代她們上街去玩，自己則為了每月一次的樂事，已經離開城鎮。

雖然我用伊路葛．巴洛魯的身分行動時也有喬裝，但我又換了一套喬裝。要去的地方是鄰國司奧夷凱陸的維科尼領，離穆爾鐸有超過四百公里遠。

即使搭馬車也要花上三週的距離，但我一天就能往返。

我運用捷徑以及不走陸地等移動方式，所需的時間每次都在減少。一個月要去一趟，當然得多花工夫在上面。

「那麼，不知道能不能創新紀錄。」

……順帶一提，最近練出餘裕以後，我就開始挑戰最快時間了。這也會是不錯的訓練。

◇

花不到半天，我抵達維科尼領，潛進了屋邸的庭院。

接著，我朝蒂雅所在的房間窗戶扔三次石頭。這是我們的暗號。鄰國貴族闖入國境，還潛進伯爵家屋邸，如果事情敗露可就嚴重了。

不過，要規規矩矩地徵求許可嫌麻煩，因此我才這樣辦。

窗戶打開了，我便唱誦魔法，喚風並垂直起跳。超越五公尺的大幅度跳躍。

來到最高點附近，我和蒂雅對上了目光。

「好久不見了，蒂雅。」

「嗯，好久不見。進來吧，我有拿到美味的茶葉。」

「那不錯。我帶了渡海而來的點心當伴手禮。」

「似乎會是一場開心的茶會呢！」

在開始自由墜落之前，我伸手抓住窗邊，進了蒂雅的房間。

◇

蒂雅的房間沒有女生味。

從全世界獲取的魔法書擺得擁擠，還有頂級法杖和提升魔力的器具排在一塊。

「無論什麼時候來看，妳的房間都這麼誇張。」

「唔，雖然我自己也曉得不可愛，但就是沒有空間擺可愛的東西。你想看擺設得比較可愛的房間，也還是有的喔。」

把那類東西塞去其他房間，魔法書及法杖則放在自己房裡，很符合蒂雅的風格。

「這有這的好，很像妳的作風。」

「你這麼說，讓人聽了有點介意耶。不過要期待你改掉那種口氣，我看也是白搭。來，這是我這個月創的新魔法，感覺很有趣吧。」

蒂雅亮著眼睛，把成疊紙張塞給我。

上面寫了密密麻麻的魔法符文。在這個世界能創出新魔法的，只有具備【編織術式者】這項技能的人。

如果只是像這樣寫術式，任誰都能寫，但是沒有我把式子抄出來的話，這些術式就連唱誦都無法唱誦。在每月一次的相聚由我讓蒂雅創的魔法可以用已是慣例。

我一邊臨摹蒂雅的魔法，一邊解讀其含意。這次的既複雜又難懂。

……這該不會是——

「難道說，妳把那完成了？」

「哼哼，嚇到了吧。啊，看來你抄完了。那我要唱誦嘍。」

蒂雅開始唱誦。她的屬性轉換與唱誦還是一樣優美。

魔法完成，茶杯輕飄飄地浮起。

那是重力魔法的運用。原本只是將目標物的重力變為兩倍的魔法，現在成了讓重力逆轉的浮遊魔法。我本來也想創造跟這一樣的咒語，卻遲遲無法成形。

……而且這種重力逆轉魔法在現狀來講，對我構想的最強必殺魔法是有必要的，我無論如何都想弄到手。

又讓蒂雅幫到忙了呢。我從她身上真的獲得很多。

「敗給妳了，居然被搶先一步。」

「盧各，你的頭腦太僵硬啦。想完成這種魔法呢……」

蒂雅談起自己的想法，看似開心，也像是驕傲……像這種時候的她，可愛得讓人著迷。而且她跟我距離好近，有香香的味道。

「盧各，你有在聽嗎？」

「有，我在聽。好厲害的主意，我連想都沒想過。」

「哼哼，有沒有對姊姊尊敬一點？」

蒂雅從當我老師的時候開始就喜歡以姊姊自居。對於想把蒂雅當情人的我來說倒不有趣，可是因為她很可愛，我也就讓著她。

「我早就尊敬妳啦，真不愧是蒂雅。這份點心給妳當作謝禮。」

「這就是海外的點心對吧……說起來，黑色的點心是不太賞心悅目。」

「妳吃了可會嚇一跳喔。」

「我嚐嚐，啊，有甜中帶苦的滋味化開來，好好吃。這不錯耶，配茶也合適，做成蛋糕之類也許很棒。」

「這是從南國一種叫可可的植物做出來的甜點。等我的品牌歐露娜在化粧品事業站穩了，我打算也開始賣甜點，就用這個當主打。」

巧克力。在我轉世前被稱為甜點之王的食物。若是在這裡同樣以貴族為主要的客層，肯定會大受歡迎。

限定於冬天銷售便能多放幾天，當成贈禮應該會賣得飛快。

「哇啊，好好喔。地方近的話我就會去買耶。」

「畢竟穆爾鐸離這裡實在太遠了。下個月，我還會再帶來給妳。」

「嗯，我會期待！」

既然蒂雅開心，下個月就多進一些貨吧。

後來，我們互相發表了這一個月的研究成果。

雖然沒有什麼情調，我卻最喜歡這段時光。

既可以加深對魔法的理解，而且蒂雅談起魔法就是她最可愛的時候。

一眨眼便已日落，該回去的時間到了。

儘管不捨，明天也還有工作，我不回去不行。

「……已經到說再見的時間了呢。盧各，每次到這個時間，我就會想如果你能留在這座城裡多好。」

「那樣不錯。還是我來當妳的執事？」

「你說這種話，我會當真喔。」

「當真可就傷腦筋了。不過，也許出了什麼差錯就會變那樣……那我要走了，下個月見。」

「嗯，下個月見。」

我從窗口縱身而下，並且一面喚風吸收衝擊一面著地。

蒂雅從窗口探出身子對我揮手。這個月也一樣，每月一次的樂事結束了。

不錯的假日。這樣從明天起又能繼續奮鬥。

◇

來穆爾鐸以後一眨眼就過了兩年。

我回顧迄今為止的事。

儘管新店鋪的相關業務讓這段日子忙得像在開玩笑，多虧如此我才認識了世界。

身為讓巴洛魯商會的化妝品牌【歐露娜】發跡的年輕成功者，我受邀參加過各種場合，因此建立了相當多人脈。

資金的部分也變得相當驚人。

如同約定，我一直都有從巴洛魯所有銷售化妝品的連鎖店領到5％上繳金，基本上所有店鋪中業績最高的一號店就是由我擔任店長。

付完給總部的上繳金及員工薪水以後，剩下的盈餘都歸我，因此我已經賺到了足夠遊手好閒一輩子的錢，還正在用那筆資金做有意思的事。

今天是我終於要回圖哈德的日子。

交接手續早就告一段落，工作方面的問候都結束了。

有馬車停在屋邸庭院，我和塔兒朵已經上了車。

「瑪荷，化妝品牌歐露娜還有情報網的管理都交給妳包辦。」

「包在我身上，盧各哥哥。穆爾鐸的據點我會守著。」

我們幾個十四歲了，成長使得形象有了大幅變化。塔兒朵變得可愛，瑪荷則是長成了美人。十四歲在這個國家是被視為成人的年齡。

我試著鍛練了瑪荷兩年，但她還是不適合待在實戰部隊。然而，瑪荷已經成長得足以包辦後援工作了。

配合新店鋪開幕，我指派瑪荷當祕書，並且讓她以伊路葛．巴洛魯的左右手身分工作，還讓她學會了作為商人的技能。

在我離開穆爾鐸城裡的期間，一切業務由她代理。

……而且，我有將自己的本名與本行告訴她。正因為如此，她在現場並不是叫我伊路葛，而是叫我盧各哥哥。

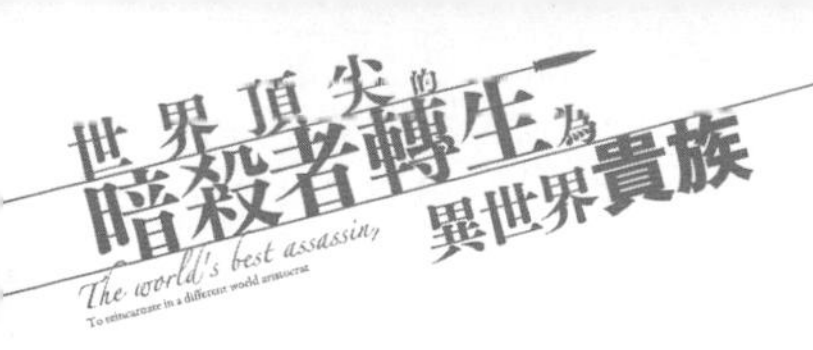

我要她在巴洛魯商會的化妝品牌歐露娜以代理代表的身分行事，並且為暗殺工作收集必要情報、提供資金、確保所需的物資。

「瑪荷小姐，對不起，只有我跟著盧各少爺回去。」

「要說不羨慕就是騙人的了，但是可以靠著我才辦得到的事情為盧各哥哥效力，我覺得很驕傲……塔兒朵，妳要陪在盧各哥哥身邊，連我的份一起幫忙他。」

「好的！」

身兼我的專屬傭人與暗殺助手的塔兒朵朝她回話。

塔兒朵與瑪荷互相勉勵。

她們話講完後，瑪荷望了我這邊。她的眼裡盈著淚水。果然她也覺得離別很難受。

「分一點點時間就好，你偶爾要來看我，盧各哥哥。」

「我跟妳約定，即使沒有工作，我也會為了見妳而回來。」

「好，說定了喔。明明你每個月都一定會去離得那麼遙遠的蒂雅小姐身邊，假如卻沒有來看我……我大概會不甘心地哭出來。」

「瑪荷，妳對我來說是寶貴的弟子兼助手，我沒道理不來看妳吧。」

「嗯，我等你……還有，之前哥哥拜託我的地方找到了。遠離商船航線的無人島。這就是到那裡的地圖。沒人會接近的無人島要用來做什麼呢？」

「兩天前我去見蒂雅時，有新的魔法完成了。稍嫌過頭的威力要是不在無人島施放會後果慘重。」

那是用來殺害勇者的魔法，有著頂級的威力。雖然基礎理論已經完成，卻沒有辦法測試。威力與效果範圍實在太廣，假如不找無人島，就連實驗也無法進行。

馬車啟程，看不見瑪荷了。

……最後的考驗，在兩年之內也以商人身分成為一流，我成功取得了有地位的商人頭銜。

超新星化妝品牌【歐露娜】代表，伊路葛・巴洛魯。聽到這名號，貴族千金或夫人無不迎我入門。

回去圖哈德以後就要進行實戰了。除了在那間地下室以外，我還沒有殺過人。不知道現在的我在殺人時會懷著何種感情。

◇

馬車駛過街道。

塔兒朵染上了些許想家的情緒。

「塔兒朵，跟瑪荷分開覺得寂寞嗎？」

「……老實說是會寂寞。因為我第一次交到同年齡層的朋友。」

可以的話，我也想帶瑪荷回去，但是巴洛魯商會的情報網不能放掉。

而且在攸關圖哈德存亡的事態發生時，有個靠得住的據點會是一大助力。最糟的情況下，還可考慮讓盧各詐死，改以伊路葛的身分活下去。

「是嗎？塔兒朵，以後運送卵磷脂，我會盡量交給妳去辦，見面的機會多得是。」

塔兒朵也在兩年內有了成長。

對魔力的掌握精準度堪稱一流，還學會了靈活運用自屬性的風。

……她拿手的魔法也包含由我原創的獨門魔法，以暗殺的助手而言可以發揮十二成的威力，於運貨之際恰好是擔任護衛的人才。

「我好高興。不過，我想瑪荷小姐看到少爺去肯定會比較開心。」

「是嗎？」

「是的。因為瑪荷小姐最喜歡少爺了。那並不是親情或友情之類，呃，她對少爺是有那種意思的。」

「我明白妳想表達什麼，但不是那樣。瑪荷的那種感情是憧憬，雖然相似卻不盡相同。」

「少爺講的話有時候好難懂。」

「遲早有一天妳會懂的。」

當我們談著這些時，馬車剎停了。我們正受到狼群包圍。

車夫跳下馬車，棄我們這些乘客逃跑……然後就成了狼群的飼料。

那些狼比普通的狼大了一圈，爪子異常肥大，還感受得到些許魔力。

魔物。魔物的定義是具有魔力的動物。如同人類以魔力纏身就會變強，身纏魔力的魔物也會變得更強悍，而且大多數的情況下都會讓身體出現變化。

魔物都棲息於遠離人煙之處，理應鮮少出現於村里。

「這樣剛好。少爺，能不能讓我測試訓練的成果？」

「行啊，我在這裡看著。」

我這麼一說，塔兒朵就用魔力包覆全身，在強化過體能以後衝出車外。

狼型魔物有三頭，它們利用群體優勢動身包圍住塔兒朵。

接著，它們露出獠牙撲上來了。

張開的大口理應會吃下塔兒朵的肉，卻被利刃貫穿。塔兒朵手裡握有長槍。裙襬是掀起來的，她取出暗器，在剎那間組好了長槍。

第二頭狼靠時間差從背後偷襲，隨即被射穿下顎，飛到半空。

塔兒朵的風魔法【風彈】帶來的成效。

絕大多數的魔法師都只能從手掌施展魔法。

因為神所賦予的術式就是如此設計。

然而我改寫了術式，讓魔法變成只要是在以自身為中心的數公分～數十公分領域內

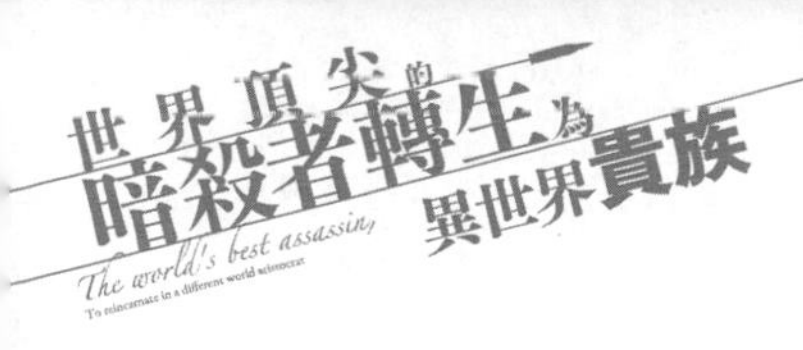

就能從任何地方發動。

塔兒朵的魔法領域約為四十公分。她能在對手踏進領域的瞬間就用風彈打進下顎，並使其昏倒。連一流劍士都以為魔法不能從手掌以外的地方施展，除了那以外都沒有提防。

樸素歸樸素，這種攻擊仍可成為極為有效的奇襲。

最後一頭魔物逃離而去。狼就是腳程快，憑塔兒朵的腿應該追不上。

可是，那頭狼被長槍從背後貫穿了。

因為長槍靠風之力飛射出去，化成了彈丸。

「做得漂亮。」

「因為有少爺鍛鍊我啊。我在戰場上曾經大顯身手喔。」

當瑪荷在商會成為我的祕書，磨練後援所需技術的這段期間，我讓塔兒朵到戰場累積了實戰經驗。

塔兒朵一臉得意地回到馬車上，因此我摸了摸她的頭，她就看似舒服地瞇眼。

「……勇者現世差不多是時候了吧。」

我是為了殺害勇者而轉世的。

勇者在殺了魔王以後，會發狂危害世界。

據說當魔物數量開始增加，魔族遲早就要出現，勇者與魔王便會降臨於世。

不會接近鄉里的魔物像這樣出現在街道了。

如此一來，之後的現象也會陸續發生才對。

我得加快腳步。在這兩年，我也不是只有當商人而已。

我鍛鍊並肩作戰的助手塔兒朵，還設置據點培育了瑪荷交派後援工作。

而且我開始在籌備殺勇者的底牌了。

真期待在無人島的實驗。縱使對象是勇者，威力應該也足以將其射穿吧。

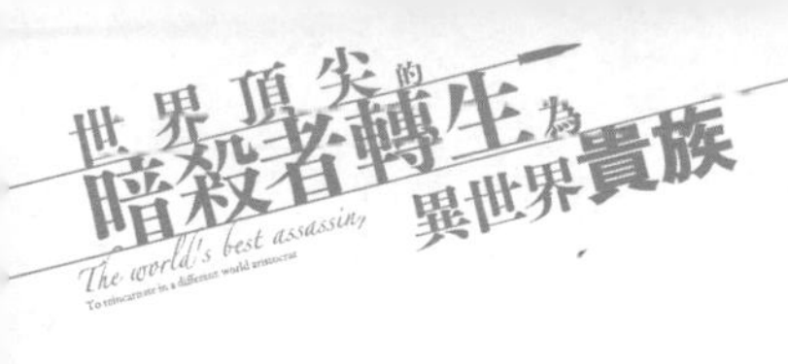

Interlude

幕間

女神的導引與命運的邂逅

The world's best assassin, to reincarnate in a different world aristocrat

白女神未顯露任何表情，坐在白色房間。

如人偶一般毫無感情及生氣，看起來與之前和世界頂尖暗殺者面對面時，那種有說有笑又毫不客氣，顯得富有感情的模樣似像非像。

那僅是為了極力避免讓該名暗殺者起戒心才模擬出的人格。

所謂女神，僅是用來維護世界的裝置。

冷靜、冷酷、現實主義，連這些字眼都不足以形容女神，她只是機械，並不具有感情，因為有必要讓人看見才會那樣表演。

「介入命運。成功支援盧各．圖哈德。」

女神淡淡地細語。

該名暗殺者……當下的盧各．圖哈德使命艱鉅。

目前成功率頂多8％而已，故需採取措施。

然而，靠女神的權能無法強行介入。假如辦得到那種事，她就直接排除勇者了。

她能辦到的，頂多只有操控命運之線，處處製造方便。

不能增加棋子，也不能令其變質。光是要改換既有棋子的前進方向就費盡心思。

說得浪漫點，便是安排命運邂逅的戲碼。

是否能察覺命運邂逅，察覺到以後是否能活用，端看盧各自身。

「確認分配於支援盧各・圖哈德的資源已經枯竭。要求新增資源……確認從高階存在駁回的申請。想獲得新增資源，需有盧各・圖哈德的功績。對本案採擱置處理。啟動第二方案。」

女神雖期待盧各・圖哈德，卻沒有寄予信任。

他不過是現階段最有可能拯救世界的棋子。

正因如此，才要找下個棋子。只要能拯救世界，由哪顆棋子交出成果都無所謂。

毫無生氣及表情的女神今天仍顧著繼續維護世界。

◇

今天是可以向伊路葛哥哥撒嬌到入眠的日子。

……伊路葛哥哥的本名似乎叫盧各・圖哈德。

他有隱情，所以才扮演伊路葛這號人物。

而我，喜歡看伊路葛哥哥的睡臉。

哥哥醒著的時候，既帥氣又無懈可擊，還很溫柔，是個所謂的完人，卻只有睡臉顯得既稚氣又可愛。

說寂寞找他一起睡只是藉口。

我只是想跟哥哥在一起，想看他可愛的睡臉才這樣做罷了。

「如果吻下去，會讓伊路葛哥哥醒來嗎？」

我好想試試，卻沒有那樣的勇氣。

伊路葛哥哥是以父親、兄長、老師的立場待我。他對我投注了好多好多的愛，我感激也感激不盡。

……但是他不肯把我和塔兒朵當成異性看待，讓我很不滿。

都是因為伊路葛哥哥有他重視的人。

感覺真不甘心。

假如我更早認識哥哥，或許就能待在那個人的位置了。

不過，我沒有死心之意。往後還久得很，人心是會轉變的。

目前伊路葛哥哥的心都被那個叫蒂雅的人獨占著，但終究只是現在的事，將來就不知道了。

「要不要再睡一會兒呢？」

看著伊路葛哥哥的可愛睡臉，我睏了起來。

今天好冷。

這麼說來，伊路葛哥哥跟我相遇的那一天也是這麼冷的日子。

◇

～盧各和瑪荷的相遇～

我被奪走了一切。

「要相信他人，得先存有疑心。」

當我難過時，父親的口頭禪便會浮現於腦海。

父親是個能幹的商人。

從小村子到外頭來賺錢，僅僅一代就建立了商會，把生意做大。

而我父親的信念就是「要相信他人，得先存有疑心」。

不能無條件地相信對方。先投以懷疑，判斷值得取信以後才信賴。

對人無疑心並不是什麼美德，只是放棄思考罷了。

我認為那句話在緊要關頭救了我。

……曾是父親左右手的男子居中牽線，害我父母被殺了。

在前往談一筆大生意的路途中，我父母搭的馬車遭到大批盜賊襲擊。

盜賊知道父親的馬車什麼時候會來，裝備齊全地守候著。

父親所僱的護衛也全是喬裝過的盜賊一伙人。

這不是巧合。為竊取父親的商會，他的左右手牽線促成了這些。

辦過葬禮以後，那個男子出現在失去父母的我面前，對父親之死流淚，還說要保護商會和我就緊緊抱了我。

由於他是父親的朋友，也是熟面孔，我便在那個男子的懷裡哭了。

……不過，我起了疑心。假如我信任那個男子所說的話，應該就遇害了。

在悲傷之中，我想起了父親的話。「要相信他人，得先存有疑心」。

我沒有其他親人，能依靠的只有身為父親友人兼左右手的這個男子。

這個男子說要代父親保護我，我甩開想把一切交出去的誘惑，調查了他的底細。

於是，我得知父親就是他殺的，而且為了奪走父親的商會，接下來他準備要殺我。

所以我逃了。

千鈞一髮。有看守跟著我，還毫不猶豫地想殺掉逃跑的我。假如我沒有具備魔力，應該就逃不過了吧。

父親交代過我，要隱瞞自己是具備魔力者。

所謂的具備魔力者，雖然可以得到各式各樣的好處，卻也要負擔義務。假如想繼承商會，就應該隱瞞自己是具備魔力者，而我守住了那個祕密。

我甩掉看守，帶著帶得走的錢，把自己喬裝成看似尋常的小鎮姑娘，盡力前往即使多了些人也不會醒目的大城市穆爾鐸。

付了比行情高的車資給商旅，能順路搭上馬車是我運氣好。

「我一定……會回來的。」

躲進車廂避免露出臉的我在離開鎮上時這麼說出口。

……我想保護父親的商會。

但是，正因為受過父親教育，我才明白。

待在那裡，我不可能保護好自己。無論怎麼跟對方周旋都會遇害。

假如想保護父親的商會，我只能逃之夭夭，等培養實力以後再把商會拿回來。

正因如此，現在要先拋下商會。

我決意在穆爾鐸培養實力，而且遲早要把父親的商會拿回來。

◇

在穆爾鐸的生活很淒慘。

即使我擁有身為商人的知識，也根本沒有人願意僱用無依無靠的小孩。帶出來的錢越來越少。

到最後，便宜旅店遭小偷，我除了隨身不離的錢包以外都被人摸走了。這反而讓我痛下決心，利用貧民窟的街童做起了生意。

我召集那些孤兒，拿手頭上的錢給頭腦靈光會認字寫字的孩子買漂亮衣服穿，然後讓他們當導遊。

有體力的孩子，我就讓他們到附近山上，夏天在洞窟裡蒐集融化剩下的雪與冰，冬天則蒐集柴薪。

在大都市穆爾鐸，觀光客人數眾多，需要詳知城裡的街童當導遊。

我試著跟街童們談過就嚇了一跳，他們會從城裡餐飲店丟掉的廚餘找東西吃，因此知道許多美味的店家。

夏天的雪與冰是人氣商品，冬天的柴薪也大有需求。價格定得比行情便宜，以貧民區為中心就賣得不錯。

我帶領著孩子們，過得還算好。

只要評估需求，把人才分配在合適的位置就能做生意。父親的教誨救了我。等大家長大時，要開一家小小的商會……我開始有了這樣的美夢。

可是，這也立刻就毀了。

透過旨在救濟孤兒的慈善活動。

領主的太太似乎被慫恿，突然開始推動社會福利，將穆爾鐸過剩的稅收投入其中。

看在高額的輔助金分上，到處有孤兒院開設，還為了確保有孤兒能養，就開始抓孤兒。街童率先成了他們的目標，我跟同伴都被抓住，被人送進了孤兒院。我的生意就此結束。

我的美夢毫無道理地告終了。

◇

含蓄來說，孤兒院糟透了。

甚至讓我覺得當街童那段期間是天堂。

孤兒院是看上輔助金才開設，滿腦子想的就只有減少經費。

只要小孩活得下去，城裡便會付輔助金。

吃的飯能少就少，味道也糟糕透頂。

有小孩吵鬧就揍到安靜，這還算起頭而已。把手腳綁著，再用布條塞嘴把人擺平也是家常便飯。

院方似乎也不想花錢在人力上面，大人只有一個。

他的職務就是看管，不會教育或照顧小孩。家事只由孩子們來做，還要照料年紀小的孩子。弄到最後，還讓小孩們做手工賺錢，有小孩動作慢便毫不留情地揍。而收入進了孤兒院的口袋。

……外表漂亮的孩子長大後，院方甚至要他們接客。

比我大一歲的諾茵好像在客人那裡受到相當恐怖的對待，就用刀子刮花自己的臉，讓客人不敢接近。

明明她是個漂亮的女孩，卻變得面目全非了。

待在那樣的環境，孩子們也會想逃，可是並不被容許。

小孩人數減少會讓輔助金減少……這是犯院長大忌的行為。

假如脫逃失敗，為防止再犯，就會被折磨成再也逃不了的模樣示眾。

我從來沒有這麼厭惡自己的無力。

這裡是由暴力與恐懼支配著。父親教我的商人知識，還有自己的才華，都完全派不上用場。

當我在院子忙著洗衣服時，就聽見院長與看守的聲音。

「我說，瑪荷差不多可以接客了吧？這陣子，我都想強押她上床。」

「我想沒問題，賣得到好價錢喔，有那樣的姿色又是個處女。目前我正在找那些喜歡小孩的變態貴族拉皮條。」

「嗯，可不要便宜賣出，未開苞可以抬價。要是身材瘦巴巴的會貶低價值，記得要餵瑪荷吃有營養的東西。」

「我已經那麼做了。她開始長肉嘍。」

「賣過以後，就換我來享用吧。看她那樣，玩起來會是個極品。」

我差點尖叫出聲，便將嘴巴捂住，當場坐到地上。

他們要逼我接客了。

……因為討厭接客，就自己把臉刮花的諾茵在我腦海裡浮現。

我不要，我不要變成那樣。

但是，我也不想接客。

要逃走才行，現在由不得我說害怕被抓起來教訓了。

……我具備魔力這件事沒有穿幫。

即使面對可怕的大人，只要趁其不備就逃得掉才對。

來訂定計畫吧。把今天用來做準備，明天就逃。

◇

得知真相的我一邊掩飾自己知情，一邊做事。

要是被他們知道我發現了，不知道會受到什麼樣的對待。

今天晚上，我要逃。

孤兒院裡嘈雜了起來。

穆爾鐸的大商會巴洛魯商會的幹部兼少東似乎要來領養孤兒。

假如有中意的孩子就會被認養，還可以到巴洛魯商會工作，孩子們滿臉興奮地談著這些。不只能脫離這裡，還可以在城裡第一大的商會工作。

那是垂到地獄的蜘蛛絲。孩子們商量著如何讓對方中意的方法。

……被選上的話，我不用冒風險就可以離開這裡，能在大商會工作也很吸引人。為了在將來取回父親的商會，我想存一筆資金，也希望學到巴洛魯商會的知識。

可是，被選上好嗎？

我具有魔力，用了力量就逃得掉，而且今天本來就是我要逃的日子。

不過，其他孩子不一樣，他們無法自力逃跑。

我吐了長長一口氣，仰望天空，決定不跟他們爭寵。把機會讓給其他孩子好了。

哎，我是多麼天真，對一同在這座地獄生活的孩子們同情到了骨子裡。

◇

於是，那個人來了。

孩子們大感訝異。來到院裡的巴洛魯商會幹部是跟我們同年齡的少年。

我覺得他是個俊俏的孩子。不只相貌端正，舉止優雅，又有氣質，而且充滿自信。

「王子大人。」

我自然而然地冒出了這樣的嘀咕。

他跟我們是不同的人種，看得出是特別的。

所以，孩子們都忘記了對方也是孩子，還圍著求他選自己。

「我是伊路葛．巴洛魯，來這裡想找將來能成為我左右手的孩子。把你們的事情告訴我。」

大商會幹部的左右手。孩子們更加踴躍了。

我在退了一步的位置看著那幕景象。

那個貪財的院長正用巴結的眼神看著少年。

……他應該捐了相當可觀的金額吧。貪財院長只會巴結能讓他賺錢的人。

少年一一端詳著每個人，並且聽他們說話。他的身段柔軟，笑容迷人，女孩們都像望著王子大人一樣地看他。

抱有王子大人這種感想的似乎不只我一個人。

動了心的我想去他那裡，卻只是看著而已。

不久之後，王子大人撥開孩子們來到我的身邊。

他用神祕的眼睛盯著我。

當他對我微笑時，我心裡嚇了一跳。

接著，王子大人開了口。

「找到了。我想要妳，希望妳和我一起來。」

他說著便伸出手……而我抓住了那隻手。

明明我已經打定主意不跟其他孩子搶機會了。那幾乎是無意識的。

「好的，我很樂意。」

在腦子裡，我大概是自以為放棄了，不過，王子大人實在太過帥氣，又俊俏，我想我的心都被他奪走了。

……對不起。

我在內心向其他孩子道歉。

而且，我不只道歉，還決定將來要救其他孩子。

有巴洛魯商會的幹部當靠山就並非不可能。

「托蘭院長，我想領養這個孩子。」

「您真有眼光。只不過，這孩子的情況比較特殊，金額會比剛才談的高一倍……不，還要再更高才行。」

「多少錢呢？」

院長對他開出天價。

以議價為前提才先漫天叫價的吧。

是買得起好幾個奴隸的價格。

「好吧。那麼，我這就付給你。」

然而，王子大人用從容臉色做出指示，隨從就在皮袋裡塞滿了金幣。

院長彷彿難以置信地睜大眼睛，還一邊鞠躬哈腰地收下錢。

「我、我確實收到了。但是，總不能今天就突然把人交出去。畢竟瑪荷也需要準備，我看就等三天後吧。」

「那麼，我三天後會過來。」

三天，那肯定才不是什麼準備的時間。

為了把我賣給貴族賺錢，然後再自己玩的時間。

救我——我的聲音來到喉嚨，結果又吞了回去。

院長滿眼血絲地瞪著我。他要我別多嘴。

在這裡生活染上的恐懼讓我動不了。

王子大人看了我，並且微笑。

不要緊喲——他好像正如此告訴我。

「托蘭院長，領養約在三天後，但我們既然像這樣打了契約，我就是她的保護者。你別忘記這一點。」

「當然了。我會好好善待她。」

那句「好好善待」，體認得到叫我千萬別告狀的含意。院長就是那種意思，我聽出來了……而且即使沒被威脅，我應該也不敢說。因為我不想讓王子大人知道自己被人玷汙了。

◇

我的想像正確無誤。

當天晚上我的買家就定案了。肯定是王子大人要領養我的關係，使他們趕著決定要賣給哪個尋芳客。

賣身給貴族的生意敲定，使得我一點也沒有空檔逃跑。

清洗過身體後，我被逼著換上逃出家門後就沒有穿過的美麗衣裳，被人載上馬車。旁邊有男看守與院長坐著。

這樣下去，我會被玷汙。

……買我的人是買諾茵的那個人，諾茵後來就自己毀容了。

是被迫接客的孩子們都異口同聲認為對人最過分的貴族。

我好怕，好怕，好怕。

只要什麼都不做，撐過短短三天，我就可以到那個人身邊。

王子大人的臉在我心裡浮現了。

我不想在去那個人身邊之前被玷汙。

在這種情況下，我有違本色地冒出有如純情少女的想法。

明明光活著就費盡力氣，我一直忘了這種感情。為什麼會這樣？

我自問自答，想出了答案。

……原來，我在那個瞬間對他一見鍾情了嗎？

自己居然會有這種感情，好訝異。

正因為如此，我才有了奇怪的念頭。

趁現在，立刻從馬車窗戶跳出去，然後衝到任何一間巴洛魯商會的店，講出那個人的名字，是不是就能得救了？

選項有兩個，乖乖被玷汙然後安全地到那個人身邊，還是要冒著風險，以處子之身到那個人身邊呢？

我做出覺悟。

「唉，可惜啊。假如那男的晚一個月來，我就能好好享用這女孩了。」

「……！」

院長用油膩膩的手撫摸我的大腿。

我裝出跟平常一樣只會害怕的態度，伺機要逃跑。

馬車駛過轉角晃了起來，院長和看守都坐不穩。

現在就是機會。

我打開窗戶，跳下馬車。

為了採取護身動作，我滾到地上，雖然糟蹋了禮服，但是我不介意。

裙子破了，反而方便跑步。

當街童那段期間，我都有鍛鍊身體，也熟知所有捷徑。

更何況，現在不是隱瞞自己具備魔力的時候。我用真正的全力跑。

可是……

「為什麼……」

跑進巷子裡，拐了兩次彎以後，我就被看守追上了。

一般人絕對追不上我才對。

「隱瞞自己有魔力的小鬼，不是只有妳啦。唉～～居然把禮服搞成這種德性，我要教訓教訓妳才行。嘿嘿嘿，在這裡院長也看不見。只要沒把膜搞破，做什麼都可以吧。平常盡是玩院長用過的貨色，偶爾嘗鮮也不錯。」

糟透了。

想沿著沒有他人耳目的暗巷逃走，反而弄巧成拙。

看守高舉手臂，我捂住眼睛，可是，怎麼等也沒有受到皮肉之痛。

我緩緩睜眼。

看守揮下的手臂被人抓住了。

「你、你這小子——」

「我記得有跟你們說過才對。『既然像這樣打了契約，我就是她的保護者。別忘記這一點』。瑪荷是我妹妹，你打算對我妹妹做什麼？」

王子大人在我的眼前。

他光是一瞪，看守就嚇得退縮。

「怎麼會。」

「畢竟我在離開之際曾用眼神表示要救妳。對於托蘭院長的底細，我稍微做了調查，於是我明白那個男人準備做些什麼，就一直守著妳。」

在我胸口有股熱熱的感覺湧上，心臟怦通怦通地跳得好吵好快。

「可是，太危險了。」

「就算危險，妳和我成了家人。家人是要守護的。」

王子大人說著就放開看守的手，改站到保護我的位置。

「來，我們回去吧。」

王子大人為我披上大衣露出微笑。

我想起禮服變得破破爛爛，羞得別開目光。

看守在遲疑是否要對身為巴洛魯商會幹部的他出手，沒辦法行動。

就在此時，院長上氣不接下氣地出現。

「傷腦筋呢。你領養瑪荷應該要在三天後啊。」

「我不喜歡一再重複相同的話。她是我的家人，我不會坐視家人遇險。」

「……那就沒辦法嘍。反正錢已經收了，我也沒必要再巴結你。喂，給我修理這個惹人嫌的臭小鬼！」

「呃，這樣好嗎？伊路葛．巴洛魯是巴洛魯商會的少東耶。我們這樣做，會跟巴洛魯商會為敵。」

「誰理他，讓這小鬼失蹤就行了。把他賣到鄰國當男娼！」

看守聽見這句話便露出賊笑。

看來他的本意就是巴不得想揍王子大人。

「你快逃，那個男看守有魔力。」

「是啊，我曉得。」

王子大人聽了我的忠告還是一派泰然自若。

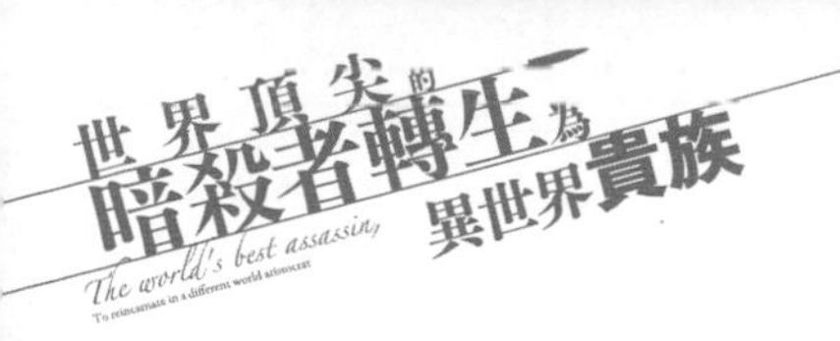

他輕鬆躲過看守的拳頭，然後輕輕按住對方肩膀。

光這樣，看守的肩膀就發出沉沉聲響脫臼了。趁其陣腳大亂，王子大人又予以追擊。他踩碎對方膝蓋，看守的腿扭到不應該扭曲的方向。

「嘎啊啊啊啊啊啊啊啊啊啊啊啊啊啊！」

看守痛得大叫，掙扎得翻來覆去。

王子大人則對院長微笑，並在一瞬間拉近彼此距離，用刀子抵住他的頸子。院長的皮膚被劃開流血。

院長連反應都來不及。

「噫……噫！」

「不按照法律做交易，要我動手來硬的也是可以……其實我比較擅長這一套。」

王子大人仍舊帶著笑容。

可是，有某種昏暗冰冷的波動以他為中心向外釋出，我的背差點僵住。

院長在極近距離內承受那股波動，嚇得都失禁了。

「來，我們回去吧，瑪荷。回我們的家，我也為妳準備了房間。」

跟在孤兒院做過的一樣，他朝我伸出手。

看見剛才那一幕，我篤定了。他並不尋常。

而我要是握了這隻手，也會變得不尋常。

「帶我走，王子大人。」

然而，我握住了那隻手。

即使不尋常，他帶我去的地方感覺一定會是幸福之地。

……不過，先試著懷疑他吧。調查他是什麼人，然後再重新決定是否要相信他。

雖然他是令我憧憬的王子大人，也是恩人，但我仍會這麼做。

因為那是父親教給我的觀念，也是我的生存之道。

◇

~盧各的啟程前夕~

伊路葛哥哥，也就是盧各·圖哈德明天要回到領地。

為此，我跟伊路葛哥哥正在對化妝品牌歐露娜的交接工作做最後的確認。

「這樣就結束了呢。」

「是啊，之後拜託妳。」

「交給我吧，現在的我就算伊路葛哥哥不在也能保住歐露娜……不，我會把事業做得更大給你看。」

「是妳的話，感覺會有能力做到那些呢。」

伊路葛哥哥用柔和的微笑對著我。

「然後，我也想將據點擴展到這座城市之外。在鄰鎮，有間條件很不錯的店鋪喲。原本那是歸另一家有來頭的商會所有，但是換人領頭後走向衰敗，他們就開始拋售資產了。」

那是父親商會旗下的店鋪之一。

改由擔任過父親左右手的男子領頭後就持續失敗，資金開始難以周轉。

……拋售出來的店鋪在父親的商會當中相對較小，沒有被重視。

不過，那是父親最初建立的店，是有回憶的店。

我遲早要取回父親的商會。那間店以踏板來說是最棒的。

「隨妳喜歡就好，我相信妳的手腕。我不會要求妳別夾帶私情。但是，既然要夾帶私情，就要拿出成果。」

「當然嘍。我是伊路葛哥哥的左右手嘛。」

伊路葛哥哥大概對一切都知情。

哥哥知道我曾是那家商會的女兒，還想取回被搶走的商會。

我沒有談過自己的往事。但是，這個人絕對都調查過了。

然後，他願意相信我。

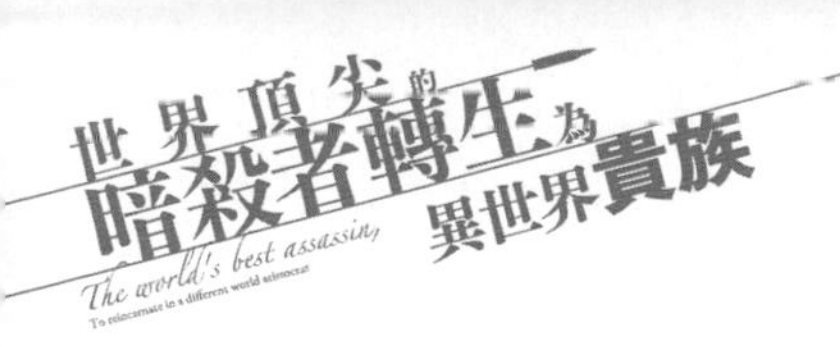

所以我會持續拿出成果，兼顧私情和利益。

我最喜歡說出「既然要夾帶私情，就要拿出成果」這種話的伊路葛哥哥。

當時，我選擇的不尋常之路確實通往了我的夢想。

「伊路葛少爺，瑪荷小姐，請用茶。」

「謝謝。」

端茶過來的是待過同家孤兒院的孩子，也是我當街童時一起做生意的伙伴。我正以僱用孤兒來巴洛魯商會的形式救他們。

我取回商會的夢想，同時還有拯救以往同伴的目標，都在逐步實現。

「伊路葛哥哥拜託我的那個，弄到的話，能不能陪我約會呢？」

「是健全的約會就可以。」

「那真可惜。」

我和伊路葛哥哥都笑了。

……我的兩個夢想即將實現。

託伊路葛哥哥的福。

所以，我決定了。

往後無論發生什麼，我都要用剩下的人生協助伊路葛哥哥。

為此，我甚至不惜這條命。

還有就是，假如能實現，我希望在另一種意義上和他成為家人，而不是當左右手。

為此，我也會繼續回應伊路葛哥哥的期待。

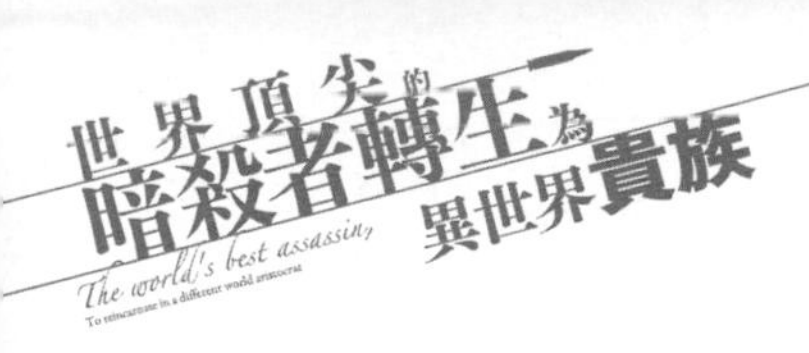

Episode17

第十七話——暗殺者歸來

The world's best assassin, to reincarnate in a different world aristocrat

我總算以盧各的身分回到圖哈德領了。

「兩年來變得可真多。」

跟兩年前最大的差異應該是整片廣闊的大豆田。

大豆在貧瘠的土地也能長，不需要費工夫照料，收穫量又多，甚至有恢復地力之效。然而，世人把它當成家畜吃的東西，需求量便少。

所以，過去都是順便種植而已。

但是在圖哈德收購來當乳液的原料以後，價值就變得跟小麥差不多了。如今，因為好種又能賺錢，放眼望去都能看到廣闊的大豆田。

塔兒朵從馬車探出身，環顧外頭。

「終於回來了呢，好懷念喔。不過換成現在，我會覺得像穆爾鐸那樣的大都會跟盧各少爺比較相配。」

「原來妳是那樣看的嗎？我覺得自己的性情和這裡比較合，能讓心靈安穩。」

在穆爾鐸為了化身成伊路葛而染的頭髮，已經換回與生俱來的銀色。

當我們搭馬車朝屋邸而去時，領民們就揮著手趕了過來。

「您回來了！不愧是少爺！神童果真不是蓋的。現在大豆賣得到好高的價錢，把大豆做成怪東西的工廠薪水也很高，真是幫了大忙。」

「託少爺的福，我給家裡多買了兩頭牛喔。」

「您即使到了外地，還是在為我們付出！」

「感謝歸感謝啦，少爺不在，果然還是有很多頭痛的事情。」

聽他們一說，看來高價銷售大豆的通路在父親說明下都是由我促成的了。領民們異口同聲告訴我他們的生活變輕鬆了。

……我重新感受到，幸好有安排卵磷脂從圖哈德進貨。

實際上，巴洛魯商會應該也察覺到原料是大豆這一點了。

他們沒有進一步揭底，是因為不明白要怎麼把大豆製成卵磷脂，還怕惹我不高興……或者可以說那是替功臣著想。

巴洛魯身為商人仍相當講情義。

在我當伊路葛的期間，那個人始終把我當真正的兒子對待。

唉，雖然像他那種情況，連情義都是為了做生意而盤算進去的，說來常有人誤解為商之道，若無視他人感情而冷酷地只求效率，身為商人便是二流。

周圍的人心不久將逐漸離去，長期下來絕對會虧。流之人則是連人心都用得失來計算，若有必要就投入工夫及金錢收買。看著巴洛魯，我學到了這一點。

「盧各少爺，請您帶走這些吧。」

「請不要客氣喔，因為這是謝禮。」

領民們陸續把農作物、起司、打獵獲得的肉、燻魚等謝禮遞過來。

盛情難卻地收下來以後，我跟塔兒朵很快都兩手滿滿的了。

「盧各少爺，你好受愛戴喔。」

塔兒朵像是以己為榮地告訴我。

「是啊。正因為這樣，我想讓這塊領地繁榮起來。」

就如父親、祖父所做的一樣。

雖然我是轉世的暗殺者，但我更是圖哈德的下任當家之主盧各。

◇

回到屋邸後，母親突然就抱了上來。

「回來了，回來了，回來了！小盧不在讓我好寂寞喔～～哎，是小盧的味道。你太過分了嘛，明明之前有回家，卻只跟祈安談完工作的事情就走了。」

「……這種事麻煩在沒有人看著的地方才做。當著塔兒朵面前被娘這麼對待，我的立場會很為難。」

「辦不到。誰教我好久沒有見到小盧了！嗅嗅嗅，好寂寞喔～～小盧，你不可以再跑到外地了喔。呼～～享受完畢。塔兒朵也是，歡迎回來。謝謝妳陪在小盧身邊。別看小盧這樣，其實他很怕寂寞的喔。」

「不、不會。反而都是我在跟盧各少爺撒嬌。」

「是喔？往後也請妳多照顧小盧嘍！這孩子啊，什麼事都想一個人做，有妳這樣的女孩在，我就可以放心了。」

「我、我會加油！」

塔兒朵滿臉通紅，還立正不動。

……感覺她似乎把母親的話聽成了其他意思。

「娘，爹呢？」

「啊，差點忘了。他要你到書齋一趟。小盧跟祈安講話這段期間，塔兒朵要多講一些小盧在穆爾鐸的事情給我聽喔。誰教小盧在信裡也都不寫關於自己的事。」

「好、好的！我會完完整整地說出來，一點都不漏！」

……要找離我最近的塔兒朵談那些，就讓人難為情了。

話雖如此，跟母親說什麼都沒用，塔兒朵又禁不住母親一問再問，要她保密也沒有意義。

我早就對一切都認命了。起碼，先祈禱塔兒朵別把那件事情講出來就好。

當時的我出了毛病……雖說已經投胎轉世，但我深切體認到自己才十幾歲，在那方面是個會被生理衝動要得團團轉的生物。

◇

我留下塔兒朵前往書齋。

進房間以後，父親便看向我……或者應該說在端詳我。

那是在確認兩年來的成長。

「盧各，你長成大人了。」

「是，我在約一個月前成人了。」

在亞爾班王國這裡，十四歲就已是成人，會被視為獨當一面的男人。能結婚的年紀。

若是貴族，可以說一般都會早早訂婚，協調婚禮舉行的日子。

……只不過大約從五年前開始，這個國家出於某種因素，主流做法變成了只先訂婚，等到十六歲才讓男女雙方結婚。

「我不是那個意思。很遺憾，這個國家充滿著大孩子。盧各你是在真正意義上成了大人……我命你在穆爾鐸以商人身分出人頭地，沒想到你竟能有如此成就。伊路葛・巴洛魯成立的化妝品牌歐露娜在貴族間無人不知。」

「我製作了乳液這樣的招牌商品，也擬了將其散播出去的計畫……不過，之後都是靠巴洛魯的力量。他居然能以乳液獲得的名聲為武器，讓其他尋常的化妝品也得到品牌價值，並改寫化妝業界的勢力版圖。就近見識到那樣的厲害手腕，我都打起哆嗦了。」

我描繪了以乳液為武器來向化妝發起革命的構想圖。

可是，事業發展的規模比我預估的高了五倍以上。

我身為化妝事業的負責人，一直以來都看在眼底，也實際一路執行至今，從後頭而來的龐大助力卻讓我受了驚嚇。

如今歐露娜並不是乳液品牌，而是以化妝界的第一品牌馳名。

「那個男人很接近商人的頂點，你光是能拿自己與他比較就是了不起的事。盧各，我要你去累積商人的經驗，是為了讓你認識世界，為了讓你塑造對暗殺行業有助益的面具，為了讓你建立人脈，之前我如此說明過。那些都不是假話，當中還有另一層含意，你懂嗎？」

我搖搖頭。這次我實在是想像不了。

「我啊，是希望你找到除了圖哈德以外的生存之道。盧各，是你的話就不用扛起什

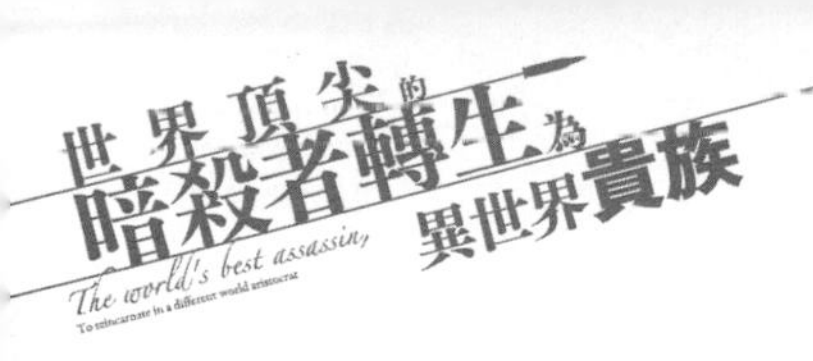

麼暗殺世家，當商人也一樣能成功。希望你那麼做的人也很多。巴洛魯曾告訴我，盧各最好別當什麼暗殺貴族，專心做個商人會比較好。他說那樣才是對你好……那傢伙不只是用言語，還準備了相當於這個領地二十年稅收的錢來遊說我。他希望你今後就在巴洛魯商會擔任第二把交椅輔佐自己，將來則可以扶他的兒子一把。即使你要選那條路，我也不會攔你。」

「爹在說些什麼？我從商累積經驗是為了暗殺啊。」

「盧各，事到如今，我是無法用其他方式為生了。但是，尚未動手暗殺過的你還能選擇以其他方式為生……我們圖哈德至今都是以切除病灶的做法來守護這個國家，然而國家並不會保護我們。萬一圖哈德的暗殺生意見了光，以往利用我們的王室為了不在貴族面前露出把柄，就會把我們當罪人處分。對國家效忠是空虛的。」

父親的話並無抑揚頓挫，只是淡淡地道來。

卻有著讓背脊凍結的冷峻，以及壓迫胃袋的沉重。

「明確地說吧。暗殺敗露之際，就連接受切割也是圖哈德的職責。即使我們沒有任何失誤，委託方依然有可能洩底……從出生時就準備其他戶籍也是一層保險，為了在遭受國家切割時可以逃走，改用他人的身分活下去。但是，我另有想法。何不從明知沒有回報的暗殺收手，從最初就選擇輕鬆無憂的方式為生。盧各，我再問你一次。即使如此，你仍要以盧各·圖哈德的身分活下去嗎？」

我從小就被教導圖哈德的工作是尊貴的。

守護亞爾班王國的正是圖哈德。

明明如此，父親拖到現在才首度告知我令人寒心的現實。

不，並非拖到現在，而是因為此刻才更應該說清楚。

趁著我花了兩年在外頭廣闊的世界遊歷過後，還來得及在執行暗殺前收手。

……投胎轉世以前，我被養育成專門暗殺的道具，毫不思考地一直被利用。

毫無猶豫，作為一柄殺人的利刃。

可是，父親不一樣。他從小就教我暗殺技術，卻也把愛教給了我。

我決定了。我不會成為道具，我要以自己的意志做抉擇。

「爹，我……不，爸爸，我盧各·圖哈德選擇接下家業。有些事情非得由圖哈德來做。」

我刻意不叫爹，而是叫爸爸，還用了我在這個家的姓名來說話。

為了表明這是我自己，以家中男兒身分做出的抉擇。

「你說這話是出於正義感？表示你為了守護這個國家，有覺悟捨棄自身性命？」

「……那就錯了。我沒有那麼偉大，我只是重視圖哈德的人們，也重視在穆爾鐸認識的那些人，才希望這個國家保持和平，我不想要我抓住的幸福被破壞。首先，就算國家將我們切割也沒有任何問題。讓爸爸鍛練過的我不可能乖乖就擒吧。逃過肅清後，再

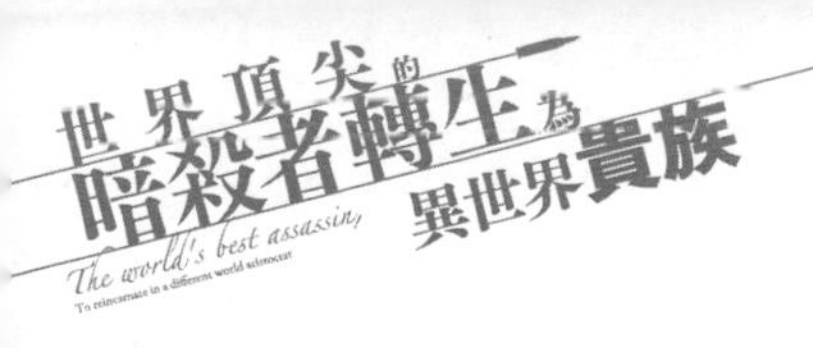

用伊路葛的身分活下去也不遲。遭到切割時的事，等時候到了再來思考就好。」

我揮動這柄利刃，還有暗殺勇者，都不是因為受了他人的命令。我是為了幸福，在自身意志下做的。

而且，我不會像第一次的人生那樣大意。

哪怕委託人是王族、是女神，我都會保持懷疑。休想殺我第二次。

父親無話可說地望著我。我繼續說下去：

「還有另一個理由。有樣東西非得是圖哈德才能弄到手。」

「那會是什麼？我心裡倒沒有數。」

「我迷戀著蒂雅．維科尼。我們到現在還是有書信往來，而且我其實每個月都會越過國境，神不知鬼不覺地潛入維科尼家跟她見一面。越過國境與伯爵家雙方面的警備，對我來說是不錯的訓練。將來，我還考慮跟她結婚……想跟身為伯爵千金的蒂雅結婚，就需要相當的地位。」

我連在穆爾鐸的時候都會找時間去見蒂雅。

甚至不惜運用【超回復】和莫大魔力以及我原創的魔法，在一天之內靠著飛速趕路往返那麼遠的地方。

我最喜歡跟蒂雅一起討論新魔法，也喜歡一邊看著蒂雅得意的臉一邊寫下她創出的魔法。

「咯……啊哈哈哈哈哈哈。受不了，原本我還以為把兒子生得優秀過頭了，沒想到會有傻成這樣的地方。是嗎，因為蒂雅啊？我懂了。那麼，你就要繼承暗殺世家。現在有項工作立刻就交給你去辦吧……這是重要的工作，有個非收拾不可的貴族。對方是將軍事機密賣給鄰國，並且收受毒品當報酬，還散布到領地讓民眾受苦的人渣，必須盡早從這個國家切除。」

……真是誇張呢。居然出賣機密，還讓自己的國家染上毒癮。

「我會辦成的。有兩個星期就足夠了。」

「嗯，交給你了。我不會出意見，用你自己的做法去殺了對方。」

在這個世界第一次暗殺。

目標還是極為有害的貴族。

令人技癢。確實地處理掉吧，而且要不留任何痕跡。

跟重頭戲（殺勇者）相比未免太過簡單，但是以頭一次暗殺來講還不壞。

第十八話 暗殺者收集情報

回家鄉當天，家裡盛大地為我慶祝了成人一事。

隔日早上，察覺有動靜的我一醒來就發現母親正要進房間。身為暗殺者只要有人靠近，無論再累都會清醒過來。

我繼續裝睡，她便默默盯著我……主要在看下半身。

這讓我重新體認到母親全無改變。這兩年我長大很多，母親卻一點也沒老。明明年過四十，怪的是怎麼看都只像二十幾歲。

……難不成圖哈德也有青春永駐的祕方？

如果有那種東西，感覺會是比乳液更加熱銷的商品。

我撐起上半身。

「早安。媽，一大早跑來是怎麼了？」

「真可惜。今天居然都風平浪靜。」

光聽這一句，我就知道塔兒朵把盧各·圖哈德最大的醜事說出去了。

「……有過經驗以後，我自然也會想對策，每天起床都出那種狀況的話，可就有病了。」

「沒意思。」

「倒不如說，妳想看兒子出那種糗嗎？」

「我好想看耶！畢竟那是小盧長大的證明。」

我忍不住露出僵硬的笑容。

……想必是由塔兒朵說出去的醜事。

那件事發生在我十三歲的秋天。雖然塔兒朵和瑪荷平時都掩飾著，不會顯露出來，但她們渴求關愛，怕寂寞，對家庭懷有憧憬。

這也難怪，因為她們倆都在小時候就失去了家人。

有時她們會忍不住寂寞，我便和她們一起睡。

當中沒有歪念頭，就只是一起睡而已。感受到別人的體溫會覺得安心。

這種習慣也有助於培育我們之間的感情。

只是，我不了解十幾歲的青澀衝動。

當然了，我並沒有讓理性脫韁到染指塔兒朵或瑪荷的地步。

那天，碰巧塔兒朵和瑪荷兩個人同時來撒嬌，我們三個就一起睡了。早上起床後，我們三個便互相微笑道早。

隨後，狀況發生了。塔兒朵動著鼻子說她聞到了奇怪的臭味，瑪荷也偏著頭表示同意，我則因為自己下半身黏了一大片東西而心慌意亂。

……因為我好巧不巧在跟她們倆一起睡覺時夢遺了。

我連在前世都沒有幾次夢遺的經驗，這基本上是我身為盧各第一次射精，還費了點時間掌握是什麼情況，最先採取的動作就遲了。

因此事情被她們倆發現了。

……當時她們倆的臉令人難忘。

面紅耳赤的兩個人都把臉背向我，卻還是側眼猛盯著不放的羞恥PLAY。

我從平日就和她們以家人相稱，還要求自己表現得像個父親、像個兄長，卻露出這種醜態。

乾脆毀掉一切去死算了。

我好像聽見過去累積的一切在瞬時間崩潰瓦解的聲音。

不知道為什麼她們倒沒有嫌惡，被這樣體恤反而讓我更難受。

『呃，伊路葛少爺，下次請吩咐我幫忙處理！因為我是少爺的傭人，諸如此類的事情也都要照料才行！積得太多會很難受吧！這部分是需要照料的！』

『……伊路葛哥哥，即使口頭上都叫我妹妹，你的身體還是很老實呢。我啊，偶爾會覺得妹妹和情人之間也不必只選一邊，難道不能兼有兩種身分嗎？』

這兩個人居然會體恤我，還開起玩笑。

多虧如此，這件事情笑笑就結束了。身為兩人的父親、兄長，我保住了威嚴。

直到現在我還是不太了解為何她們要求一起睡的情況會劇增。

後來我都有留意，避免再度現出那種醜態。

尤其在瑪荷和塔兒朵面前，我絕不想讓她們看見我出糗。

為了避免爆發，我也有採取對策。

……連我都嫌自己的身體麻煩。這年紀的性慾實在異常。

就算是暗殺者，也逃不過肉體的枷鎖。

◇

硬是把口口聲聲說著「我想看小盧成長後的身體」，即使我準備換衣服也還是賴在房裡的母親趕走以後，我整理好儀容到了客廳。

塔兒朵做的早餐已經上桌，她在配膳完以後到了我後面待命。

如同往常，塔兒朵做的料理還是一樣美味。

而且大概是因為用了圖哈德的食材，感到懷念的我胃口大開。

用完餐以後，母親笑吟吟地帶了四門親事過來。

這個時代沒有相片，因此談相親會把畫像贈與對方。

全都是美女而且家世良好，年齡也與我相近。客觀看來盡是好親事。

圖哈德的領地稅收有限，但行醫帶來了龐大收入，與顯赫貴族素有交情一事也為人所知，所以不愁沒對象相親。

或許是心理作用吧，以傭人身分守在後頭的塔兒朵顯得不悅。

「呃，媽，這種事就不必了。我不打算接受相親啦。」

迷戀蒂雅的我不需要。

塔兒朵在後頭露出了放心的臉。

若是一般貴族，長男的婚事將成為建立人脈或出人頭地的道具，應該要精挑細選，為了布局而奔走才對，然而父母與我對那方面都沒有興趣。

爵位再提升的話，麻煩的交際與工作都會變多。目前的領地就夠了。

母親會像這樣拿親事來跟我討論，理由八成是想早點抱孫子吧。

「嗚嗚嗚，明明這些看起來都是任你挑的好女孩。娘好想早點抱孫子！」

……正如我所料。

塔兒朵似乎有話想講，我便准她加入交談。

「對盧各少爺來說，我覺得還太早了。」

「才不會！小盧都已經成人了。要是拖拖拉拉，等孫子生出來我就變老奶奶了！塔兒朵，不然妳要幫忙生嗎！……啊，或許不錯喔，塔兒朵具有魔力，又不用像娶貴族女兒那樣多添讓人煩心的交際，好像很划算耶！而且現在就能傳宗接代，感覺也很好。」

「咦？呃，那個……假如盧各少爺希望。」

可憐的塔兒朵被母親這麼戲弄，連耳根子都紅透了，只好看著自己腳邊。

倒不如說，她沒必要奉陪那種玩笑話的。

「媽，妳別戲弄塔兒朵啦。」

「我可不是在戲弄人喔。話說小盧，你從剛才開始是怎麼了？講話的方式那麼粗獷，聽起來好囂張！」

「我已經成人啦，感覺用過去講話的口氣不太搭，我試著改了一下。」

在母親面前，我曾想過要繼續當乖寶寶盧各……但是她也該讓我獨立了。

「啊啊啊，不可以！我可愛的小盧耍起叛逆了！壞壞！」

……母親並沒有發現，她用這種對待小孩的態度，反而讓我起意將說話口氣改個澈底了。

◇

當天晚上，我放出兩隻傳信鴿。

牠們會幫忙把信送給人在穆爾鐸的瑪荷。

我不在時，化妝品牌歐露娜有瑪荷代為掌管。

獨力經營的負擔雖重，不過還有義兄貝魯伊德幫忙輔佐。

他從小就接受英才教育，還在各處都有人脈，實地經驗也豐富。

結果兩年之間，除非有什麼大事，否則貝魯伊德每天都會來聽我講課，然後吸收那些知識。那也促使他突飛猛進，能力非常優秀。

即使化妝品牌歐露娜正逐漸成為巴洛魯商會的主力，從立場來想，貝魯伊德會屈就在我之下仍是異常的，然而，他卻表示還希望向我多多學習。

我交代瑪荷在「檯面上」要積極尋求貝魯伊德的助力，並且向他學習。好比貝魯伊德有許多可以向我學的東西，從他身上能學到的也很多。

「這樣，事情便準備就緒了。」

寄給瑪荷的信裡寫了兩項指示。

其一是要蒐集這次的暗殺目標亞茲柏·溫考爾伯爵的情報。溫考爾伯爵夫人也是歐露娜的客戶，肯定有資料可查。

從那裡起頭，將溫考爾伯爵的事情查個清楚。

……這次的案子，我不確定是否該盡信委託人給的情報。

正因如此，也要用上自己的眼睛與耳朵。

另一項指示則是寫信通知溫考爾伯爵夫人，歐露娜的代表伊路葛．巴洛魯想上門介紹新產品。

虧心事做得越多，戒心越是強得讓人難以靠近，但如果是化妝品牌歐露娜的代表伊路葛，溫考爾伯爵夫人應該就會欣然迎接。

◇

於是四天過後，資料送到圖哈德了。

情報量大，資料又占體積，因此要偽裝成化妝品用馬車運送。

歐露娜也有定期配送產品給會員的銷售服務，由於母親是會員，即使有馬車像這樣從穆爾鐸駛來也沒有什麼不自然。

定期配送產品給會員的銷售服務是經我提議而獲得採納的做法。

每個月準備幾款比店面貨更高級的化妝品禮盒，並且發送出去。

這是迎合有錢人的服務，要收取相當的費用。

收的金額高，可是最高品質的商品保證會送到，藉此化妝品牌歐露娜就可以從出手大方的客戶得到穩定豐厚的利潤，又能防止轉賣。

只要肯砸錢，就不用到店面跟人搶破頭，還能拿到特殊款的化妝品，這種優越感大受有錢人喜愛，會員名額立刻就爆滿了。在富豪及貴族之間，擁有歐露娜會員甚至已經是一種頭銜。

「瑪荷辦事真快。散播毒品的情報確定無誤是嗎？挺明目張膽的嘛。」

巴洛魯商會的情報網廣得驚人。

何況對方在穆爾鐸也一樣為非作歹，巴洛魯商會已經盯上亞茲柏．溫考爾伯爵，並收集他的情報。

毒品這東西會讓賣家以外的所有人都變得不幸。

溫考爾伯爵不只跟同夥的貴族舉辦祕密派對，誘使年輕貴族以玩火心態染上毒癮，似乎還利用黑手黨在城裡散播毒品。

他們用的毒品是以名叫葳澤的多年生植物為原料，與其稱作毒品，更接近興奮劑。

腦部受刺激後，視野會變得開闊，同時還有強烈的興奮作用。簡單來說，就是會爽到飛天。

驚人快感所換來的代價是強烈癮頭。

穆爾鐸及時擋下了毒品入侵，但是鄰鎮據說已經陷入悽慘的狀態。

「只得殺了他。」

對方做生意如此草率，輕易就落了巴洛魯商會鋪的網，事情自然會鬧上檯面。

然而，亞茲柏．溫考爾伯爵始終聲稱是黑手黨運毒路經自己的領地，矢口不認帳，甚至還用蜥蜴斷尾的手法在自己領地抓些小嘍囉邀功。

他能這樣把事情壓下，似乎是因為付了大筆賄賂給地位更高的貴族。

……既然姑且有做表面工夫，還有大貴族保護，王室應該就治不了他。

慢慢在增加的毒品交易量也令人介意。要是就這樣放著不管，亞爾班全國上下都會遭到毒害吧。

用法律手段制裁不了，只得以暗殺切除病灶。

這是圖哈德的工作。

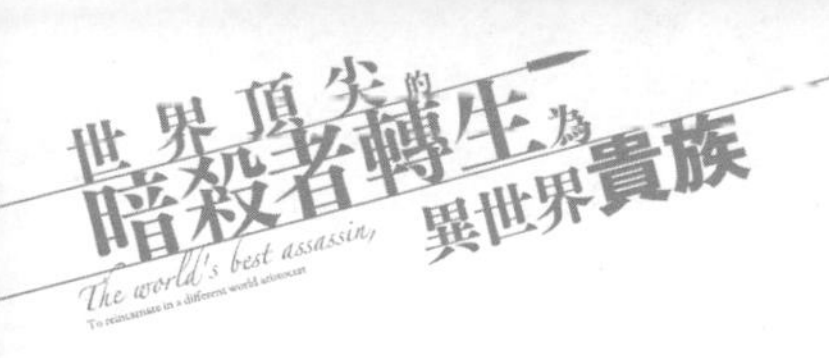

Episode19

第十九話　暗殺者行刺

The world's best assassin, to reincarnate in a different world aristocrat

馬車上搖搖晃晃。

瑪荷安排給溫考爾伯爵夫人的新款商品介紹，讓她非常感興趣，還捎來聯絡表示希望我務必過去一趟。

由於要用伊路葛身分前往，我染黑銀髮，戴了眼鏡。

做這副打扮時，就算沒有其他人看著，我也會表現出伊路葛・巴洛魯的舉止，而非盧各・圖哈德。

瑪荷坐在我旁邊。總是冷靜的她今天心情頗佳地哼著歌。

「好久沒有跟伊路葛哥哥在一起了呢。」

「我們分開還不到一個月啦。」

「對我來說，沒有哥哥的十天實在太長了。」

瑪荷撒嬌似的靠了過來。

在穆爾鐸的時候，她沒展露過這種撒嬌方式。

「歐露娜的代理代表瑪荷應該不需要來這裡吧。」

「雖然必要性薄弱，但我想見哥哥啊。我都安排好了，就算今天離開一整天也不礙事。再說還有貝魯伊德在。」

「那就沒問題吧。」

「……還有呢，伊路葛哥哥，你拜託的那東西似乎快到手嘍。」

她提到的那東西，指的是神器。

在這個世界，有人類之手絕對鍛造不出，性能超凡絕倫的武具存在。材質、加工技術全在常識之外，如此的貨色稱為神器。

以現況而言，具代表性的是據稱最可能成為勇者，別號庫林獵犬的男子所持有之魔槍，蓋伯爾加。

還有過去大戰英雄揮舞的魔劍，佛拉格拉克。

要殺勇者，用上那種武器或許便輕鬆省事。

所以我用了充裕的資金，希望盡可能多將神器弄到手。

只要目睹實物，我還期待或許能參考造出強大的魔法或武器。

「瑪荷，總是讓妳幫了這麼多。謝謝妳。」

「不客氣……伊路葛哥哥，我問你喔，你到那邊以後跟塔兒朵有進展嗎？呃，我是指在男女關係方面。」

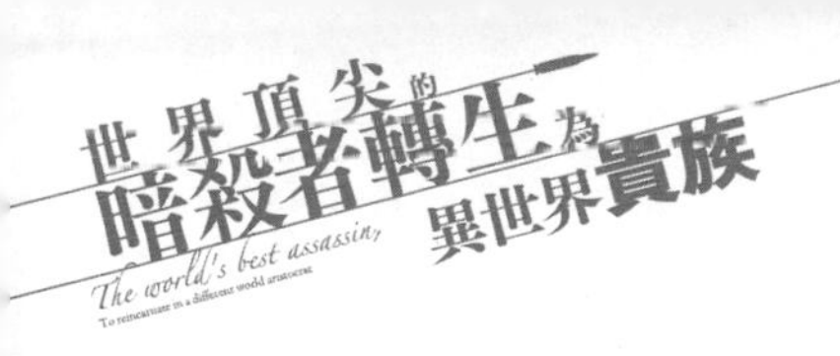

「怎麼可能有進展。」

我一說，瑪荷就傻眼似的嘆氣了。

「是嗎？很傷神吧？以往哥哥偶爾會去娼館發洩，但是在家鄉不能利用那種地方，會不會覺得困擾呢？每次你去蒂雅小姐身邊或者去娼館，塔兒朵都差點哭出來呢。還不如用塔兒朵，她會很高興喔。」

……一瞬間，我差點嗆到了。

因為以前去娼館的事都穿幫了，瑪荷還說出要我用塔兒朵這種話。

「妳為什麼會希望我跟她產生那種關係？」

「我從之前就覺得伊路葛哥哥硬是想把我們擺在遠離戀愛感情的位置，對不對？」

「我們是家人，妳以為大家在一起生活都幾年了。」

我花了好幾年來跟她們培育家人的感情。

即使到現在，我仍可以想起認識她們後所過的日子。

正因如此我才覺得，這種關係跟瑪荷談到的那些應該不能混在一起。

「小時候會把伊路葛哥哥當成可靠的大哥哥，這並沒有錯啊。可是，我們會成長。成長後，就會有那種感情喔。明明在身邊就有比任何男性都出色的人，怎麼可能不著迷呢……讓人最難受的事情就是完全不被當成對象，還一直受到拒絕。尤其塔兒朵都積在心裡，一句怨言都不講。假如哥哥一直擺這種態度，問題遲早會爆發喔。」

認真無比，而且嚴肅的嗓音。

是嗎，這樣啊？原來瑪荷說這些是為了塔兒朵著想？

「先入為主的觀念我會先放下，然後試著正視塔兒朵。但是，我不會接受獻身。」

「因為有蒂雅小姐在嘛，我倒覺得那也不成問題。那孩子啊，別說當二房還是當個讓人呼來喚去的情婦，只要能得到伊路葛哥哥的愛，她應該什麼都無所謂。這麼便宜男人的女生，其他地方可找不到喔。長得可愛外加胸前雄偉，也能大大加分呢。基本上，伊路葛哥哥是貴族啊，討一兩個小妾很應該的嘛。」

「是這樣嗎？」

「就是這樣喔。有兩個女生深深地喜歡著伊路葛哥哥喲，不知道伊路葛哥哥有沒有理解了呢？」

「是不是多了一個？」

「因為我也愛你。只是再過一陣子，我才會積極展開攻勢。我會讓歐露娜更加成長，鋪下細密的情報網，等你絕對無法放掉我這個助手，我就以此當後盾來談判。伊路葛哥哥教過我的嘛，談判要有對等的立場才能成立。」

精明。明明瑪荷現在就已經是絕不可或缺的人才了。

若是她變得更加重要，就無論如何也不能放手了。

「真是優秀的弟子。」

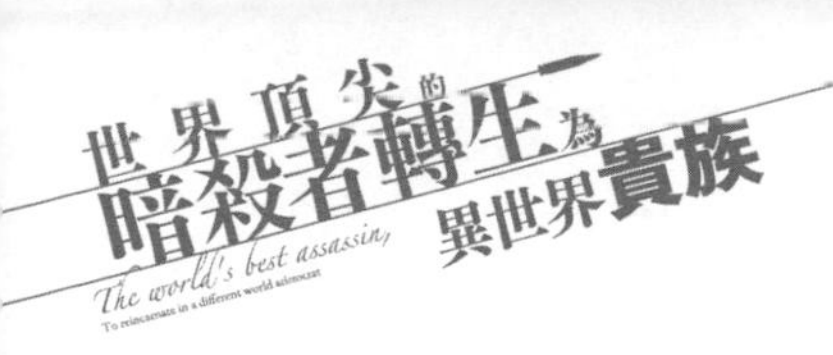

「對啊，所以哥哥要有心理準備喔。」

瑪荷往上瞟著我微笑。

她的舉止嫵媚，讓人心動。

……原本還是小孩的她們正逐漸成長為女性。竟然連這種理所當然的事情都沒有察覺，我也還有得學。

◇

抵達溫考爾領了。

農田廣闊，綠意盎然的土地。與圖哈德有幾分相似。

可是，到處都有持劍的人氣氛肅殺地在巡邏。

他們朝這邊走來。

因為在做虧心事，才會用這些私兵吧。

他們打開馬車的窗戶，面帶微笑地開口。

「來溫考爾是為了什麼？」

對方高壓問道。相對地，我和氣地露出微笑。

「我們幾個是歐露娜派來的人，為了向太太介紹新款化妝品而來到這裡。這是從太太那邊收到的招待函。」

大概是上頭事先交代過，一亮出招待函，那些男子就叫我們跟著走了。

然後，看了對方帶我們去的屋邸，我大感訝異。

之前我懷著領地與圖哈德有幾分相似的感想，屋邸卻一點也不同。

富麗堂皇，從使用的建材就不一樣。

需要的金額到底不是這種領地所能賺到的才對。

「哎呀呀，歡迎。歐露娜的新品，我很期待呢。」

屋邸大門氣派地打開，略肥又矮的夫人晃著一身如金魚般的飄逸禮服走來。

雙手戴著叮叮噹噹的戒指，脖子則有鑲了大顆藍寶石的項鍊。

……而且，臉上的妝厚到用花枝招展一詞也形容不盡。

「溫考爾伯爵夫人，感謝您這次邀我們至府上。本次新品乃是敝號的自信之作，正希望能讓溫考爾伯爵夫人這般美麗的真正貴婦使用，我們才特地前來拜訪。」

「喲，嘴巴真甜呢。請進！我擦了歐露娜的乳液以後，膚質就一直很好，下回的新品肯定也效果不凡吧。」

於是，我們被邀進屋裡了。

◇

我準備了新配方的乳液來當新款美容品。

在以往所用的橄欖油裡摻入些許杏仁油改善香氣，讓塗抹後的皮膚氣色變好，藥效成分也改良過了。

雖然只是小幅改款，但與其重視品質，世上只有自己能試用新產品的特殊待遇，對這種客戶來說才重要。

我和瑪荷一味地奉承溫考爾伯爵夫人。

「正因為夫人識貨，才想請您試用。」

「本產品若能得到溫考爾伯爵夫人認同，其他女性都會跟著想要的。」

我們一再重複像這樣的話。

溫考爾伯爵夫人輕易地中了招，心情便越來越好。

……實在好哄。

於是趁著她的好心情，在閒聊間隨口穿插問題，就能套出必要的情報。

當我問到溫考爾領這陣子景氣好的理由時，她便回答是因為與鄰國做生意順利。

夫人表示對生意的內容不清楚。她並沒有隱瞞，似乎是真的不知情。

太好了。萬一夫人對生意的內容知情，也非殺不可了。

之後，我們進一步打探情報。

「對我丈夫來說，在就寢前邊賞月邊細細地品嘗紅酒可是一大樂事呢。」

瞧，極有用處的消息洩漏出來了……這可以利用。

「說真的，幸好我丈夫的生意做得順利。畢竟在短短兩三年前，我們可是貧窮貴族，連奢侈都不太能享受呢。可以像這樣把自己打扮得漂漂亮亮，我高興得不得了。」

「是啊，我們也得感謝才行。畢竟多虧如此，才能像這樣見到美麗的溫考爾伯爵夫人。」

「哎，真會說話。喔呵呵呵呵。」

溫考爾伯爵夫人芳心大悅地笑了。

她並不曉得，在那種幸福背後，因為情報被賣到鄰國，有多少士兵因而喪命了。更不曉得在城裡已有好幾百人被毒品打亂人生而成為廢人。

……成為盧各的我跟前世一樣是暗殺者。然而，這次我並非區區的道具，殺或不殺由我自己決定。而且，這回我做出決定了。

這人該殺。

◇

三天後，我和塔兒朵兩個人一塊來了。

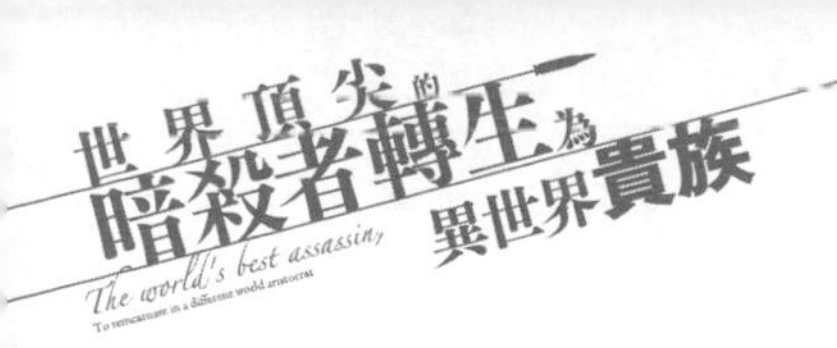

雖然我上次沒帶她來，但是要執行暗殺就必須有她擔任助手。

屋邸建於視野開闊的位置，不過離了三百公尺遠，總還是有地方好躲。

屋邸的警備比三天前更加森嚴，應該是因為丰子溫考爾伯爵到家了。

我躲在可以望見屋邸的山丘草叢裡。以土魔法對大地稍作翻掘，然後趴下來，連草帶土蓋到自己身上。

太陽已經下山，從遠處怎也不會發覺。

若沒有三天前的情報，應該就得在那傢伙回來以前埋伏好幾天，還必須照著麻煩的手續潛入屋裡行刺。

然而，溫考爾伯爵夫人眉開眼笑地談到了溫考爾伯爵回府的日子，也讓我曉得自己並不需要專程潛入屋裡。

在我手裡，有魔法塑成的槍管，鎢製子彈裝填於其中。

具備魔力者即使在無意識時，身上也會纏有一定程度的魔力，比普通人來得頑強。光憑尋常殺傷力要不了命。

作為目標的溫考爾伯爵亦然。

即使如此，用槍械就能確實射殺。

我以圖哈德之眼望著二樓陽台。憑這雙眼睛，在這種距離也看得見。

進入深度專注狀態，將其餘事物趕出視野。

擔任助手的塔兒朵會代替入定的我警戒四周。

正因為這樣，我才能單單專注於狙擊。

大約過了十分鐘，有個穿浴袍拿紅酒杯的肥胖中年人來到陽台了。

他仰望月亮，露出充實的笑容，彷彿在說自己於世上過得最為幸福。

『對我丈夫來說，在就寢前邊賞月邊細細地品嘗紅酒可是一大樂事呢。』

這句話沒有錯……多虧如此，要殺他是這麼容易。

毫無防備地在陽台賞月的狀況正適合狙擊。

幾乎無風，距離三百二十公尺……這樣我不會失手。

我啟動火魔法，在槍管內引起爆燃。

由於槍管本身用特殊緩衝材包裹住了，那發揮出消音器的作用，發射幾乎不會有聲響。

超重超硬的鎢製子彈以接近音速的速度被吐出，不到一秒便抵達目標。

子彈輕鬆貫穿頭蓋骨，其壓倒性動能讓脖子以上直接爆開。

「我們撤。」

「是，盧各少爺。」

我如此告訴塔兒朵，然後我們就這樣溜進山中。

穿過山路直接來到另一側街道，對方人馬就難以追查我們。

這個世界並沒有狙擊的概念。他們應該會在屋裡尋找不可能找到的暗殺者，還找上一陣子。要逃掉毫無問題。

子彈將頭蓋骨連同牆壁一併射穿，凶器已經從那個房間消失了。

在這個世界的首次暗殺成功了。

我自己認同有必要，以自己的意志殺了目標。

過去的我心裡對殺人這種行為不曾有過一絲波動。

可是，現在的我又如何？

雖然只有些許，心跳變快了。

我莫名其妙地停住腳步，動不了。這種感情是怎麼回事？我搞不懂。

塔兒朵擔心地回過頭，緩緩走來這邊，摟住了我。

「塔兒朵，妳這是什麼意思？」

「沒有什麼意思。因為盧各少爺看起來很無助。」

「……在妳看來是這樣嗎？」

我任由衝動將塔兒朵抱緊。

塔兒朵滿面微笑地朝我擁抱回來，有股醉人的芬芳。

心情不可思議地鎮定下來了。塔兒朵的柔軟與溫暖讓我想起平時的自己。

……塔兒朵成長了，我深刻體會到瑪荷之前所說的意思。

我深深呼吸。沒事的，一如平時的我。

「抱歉。我們走吧。」

「是！」

就這樣，我們奔過山路。

那位夫人肯定會憎恨殺她丈夫的人吧。

畢竟對不曉得真相的她來說，那曾是理想的丈夫。

我無意對這次暗殺後悔。不過，我會避免忘記。

因為那對盧各·圖哈德來說是有必要的事。

身為盧各的第一次暗殺很完美。

照王族（客戶）要求，我用了「任誰都看得出是遭到殺害」的方式下手。這是示警。王族似乎想昭告恣意妄為就會有這種下場。

假如有證據顯示是王族所為會構成大問題，但沒有證據的話，做了虧心事的那些貴族也無法怪罪王族。

王族可以暗示這事乃己方人馬促成來牽制其他貴族。這麼一來，因為害怕下次將輪到自己，貴族們多少也會自重。

「希望勇者也這麼容易殺就好。」

我一邊跑過山路，一邊喃喃自語。

三天後，期待在瑪荷幫忙找的無人島實驗新術式。

那是將半徑數百公尺全炸翻的魔法，規模大得不在無人島就沒辦法實驗。

用這招或許連勇者都宰得掉。

◇

從第一次暗殺已經過了三個月。

我躺在視野開闊的山丘。這裡是我最愛的地方，

三個月間，我忙於鍛鍊、研發魔法、以伊路葛・巴洛魯的身分籌措資金、強化情報網等等，還執行了兩樁暗殺。

頻率異常。這個國家的內部正是如此腐敗。

貴族只要上繳一定的稅收就能為所欲為，還可以制定領地內的法律。

除此之外的義務，就是一旦戰爭爆發便要徵兵及繳納資金糧食，頂多如此。

正因為這樣，金錢和時間充裕就會懷有野心。

大多數貴族並沒有侍奉亞爾班王國的觀念，甚至各擁領地把自己視為小國之王。

……除非從根本整治，否則同樣的事情仍會不斷重演吧。

「盧各少爺，今天我打贏羅拿哈公子了！這樣戰績就是兩勝一敗，由我領先。」

塔兒朵心情絕佳地朝躺在山丘上的我講話，我切換思路。

看她這麼喘，應該是希望被我誇獎，跟羅拿哈道別後就一路跑過來了。

「既然能贏過羅拿哈，妳應該也不會輸給騎士團那些人。羅拿哈有沒有鬧脾氣？」

「……有一點。然後，他有託我傳話，說是想請少爺指點武藝。呃，因為像我這種女生也能變得這麼強，羅拿哈公子表示對少爺所做的訓練很感興趣。」

「自尊甚高的羅拿哈居然會來求教，八成是受了不小的打擊。不過，妳做得好。」

堂兄羅拿哈雖說隸屬旁系，仍是冠有圖哈德之名的具備魔力者，受過高度訓練。連兩年前都擁有與年輕騎士相比仍不遜色的實力，如今又更加精進了。

而我就是認為塔兒朵與他實力相當，才命令她過去挑戰比試。

第一戰落敗，第二戰險勝，第三戰贏得游刃有餘。

塔兒朵正穩定地成長。

「我是盧各少爺的專屬傭人兼助手，做不到這些是不行的！……咦，是麥雅女士，她好像是來叫我們的。」

那個叫麥雅的是家中長年聘請的傭人。看她慌成那樣，似乎有急事。

◇

我趕回屋裡。有血味。看來被擦拭過了，但仍留著痕跡。

沒有打鬥過的跡象，似乎有身負重傷的訪客上門……這下事情麻煩了。

我進入書齋。父親在工作模式時總是面無表情，今天卻格外神色凝重。

「盧各，剛才我接到了工作的委託。我想將事情託付給你。」

「背地裡的差事？」

「當然。這項委託你可以拒絕，別接下委託反而較好。不過，就讓我這麼說吧。接或不接，由你來決定……委託內容是暗殺鄰國司奧夷凱陸的伯爵千金蒂雅．維科尼。」

好似讓鈍器捶中的衝擊從我腦袋閃過。

蒂雅是教我魔法的師父，也是朋友。而且，她還是我的意中人。

父親卻要我殺她？

「我有兩項疑問。第一，干涉鄰國豈不會惹禍上身？第二，圖哈德只為國家利益執行暗殺，我不認為殺蒂雅能帶為國家帶來利益。」

「這次暗殺，對圖哈德來說並非正道，而是出於私情。正因為如此，我才會說接或不接可以由你決定。我們介入此事不只無法替亞爾班王國帶來利益，萬一洩底，還將導致國際問題。」

正如父親所說。殺害他國貴族一事外揚出去，甚至可能演變成戰爭。

「……請告訴我內情。為什麼非得殺蒂雅？我猜跟司奧夷凱陸的內亂有關吧。蒂雅的父親維科尼伯爵站在王族陣營，結果戰敗了。不過，含賠償金的支付在內，維科尼一家應該已經順利辦妥戰後處理了。」

我有巴洛魯商會的情報網，對如此大事不可能毫不知情。

司奧夷凱陸也跟亞爾班王國懷著相同隱憂，貴族始終擁有野心與力量。

而且，司奧夷凱陸沒有圖哈德。

結果便是貴族勢力持續增長，有好幾名貴族聯手反叛，還主張王室既無能又怠慢，唯有自己才夠格當司奧夷凱陸的支配者……就此獲得了勝利。

內亂發生，維科尼伯爵家在站到王族陣營之後落敗了，我一接到消息就立刻趕到蒂雅的身邊確認平安，並且告訴她我已經用伊路葛．巴洛魯的財力，做好讓她全家潛逃的準備。

當時，蒂雅表示「不要緊」，還說：「在紛亂平息之前別過來。」

「哦，原來你知道這麼多。那麼，來談談後續吧。維科尼伯爵落敗後，言聽計從地放棄了大半財產和領地……然而，事情並未這樣就結束。蒂雅被看上了。她是個美麗的女孩，而且還具備強大魔力，可期待後代一生下來就魔力過人……貪婪的貴族自然會想弄到手吧？」

並不是付完賠償金就能安全。我太小看人類的慾望了。

當時的蒂雅有幾分不對勁。

莫非她當時就知道會變成這樣，已經做出了覺悟？

「維科尼伯爵本來打算乖乖從命，蒂雅也為了不流多餘的血而甘願如此。然而，家臣們是無法接受的，他們偏是把過來迎接蒂雅的使者殺了。同時，全體家臣更遞出辭呈，表明要以自身意志行動，還從領民之中召集義勇兵成軍，困守在城裡，並且軟禁身為主子的維科尼伯爵和蒂雅。由於如此，維科尼伯爵家被視為掀起內亂。軍隊已經派遣過去，開始交戰了。」

維科尼伯爵和蒂雅似乎頗得民心。

原本所謂的領民，無論統治自己的貴族是誰都不會介意。他們認為誰來當支配者都與自己的生活無關。

事實上，在我執行暗殺之後，願當王族傀儡的其他貴族就被派去接掌那些遇害貴族的領地，即使換了支配者，底下的領民也沒有發生任何混亂。

可是維科尼的領民們卻主動挑起了戰事，為了保護蒂雅。

「所以，為了盡早鎮壓那場內亂，要將蒂雅與她的父親梟首示眾，讓維科尼的領民們失去戰意……爸，難道你說的是這個意思？那究竟是誰發出的委託？我實在不認為我們圖哈德家應該接下這樣的委託。」

「委託人是維科尼伯爵。他的忠臣賭命趕來，轉達了如此意志。」

「為何？」

「你把話聽到最後。委託的內容是以暗殺讓蒂雅詐死，並將她擄走。假設就算贏了現在這場仗，也只會讓敵方派出援軍。打贏眼前這場仗並無意義，要救蒂雅只有用這一手。而且，能辦的就只有圖哈德。」

我總算信服了。發起叛亂者已難逃死罪，再怎麼掙扎也救不了維科尼伯爵和蒂雅。

那麼，只得裝成遇害身亡，再讓他們逃到別的地方。

「事情我明白了。只是，我不明白爸爸為什麼要接下委託。我不覺得爸爸會扭曲圖哈德的信念。」

「那你就太看得起我了。我有過一次扭曲信念的經驗……我想你大概也隱約察覺了，艾思麗是維科尼家的千金。還有，蒂雅在輩分上是你的表姊，我必須還維科尼伯爵人情。既然他希望至少要讓蒂雅獲救，我就會照做。我欠的人情便是如此多。」

「假如，我拒絕了這項委託——」

「那也莫可奈何。我會親自前往，但是靠我的腳程應該趕不上，抵達之前就一切都結束了。盧各，這事非得由你去辦。這是有違圖哈德信念的私情，同時也不過是我對你的懇求。」

來轉達的家臣身負重傷，表示戰事已經開始。

雖然就在鄰國，到維科尼大約有三百二十公里，還得翻過兩座山頭。

強化體能有其極限，常人的魔力在抵達之前就會耗盡。

父親的話，穿插休息恐怕要花上兩天。

然而，換成我應該幾小時就能成事。維科尼的家臣抵達這裡應該花了三天，但只要用幾小時趕去，就還來得及。

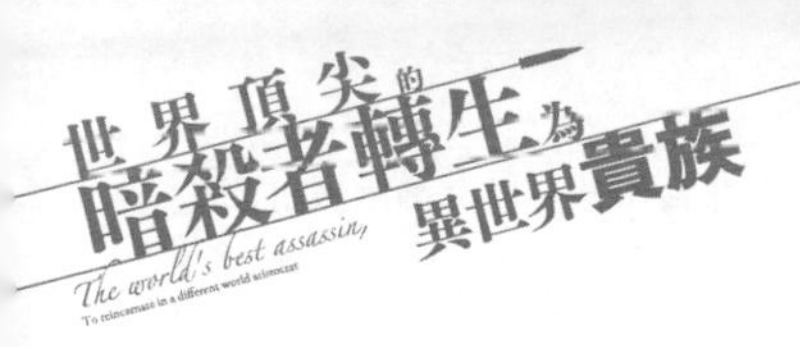

……這項委託並不該接。

既無大義名分，又會讓亞爾班王國負起損失利益的風險。

我笑了。自己不是決定了嗎？不要讓第一次人生的失敗重演。

我不是區區的道具，身為一名人類，我會自己做選擇。

那麼，問我的心就對了。

「爸……這項暗殺的委託，我接。」

「告訴我理由。」

「理由有三。一，蒂雅有教我魔法的恩情。二，我迷戀著蒂雅。三，我跟蒂雅約定了，當她求救時就要趕過去。蒂雅肯定正在呼喚我。」

我緊握蒂雅離開圖哈德時交給我的琺爾石首飾。

她給我的時候說了：

『還有之前我們講好了，你要聽我的話，那我現在就拜託你嘍。盧各，假如我不管怎樣都想見你，到時你一定要趕來我身邊！』

蒂雅肯定正在呼喚我。要履行約定就是現在。

我會為了我自己，順從我的心，前赴死地。

「是嗎……我在生涯中只有過一次，扭曲了自己只為亞爾班王國揮動圖哈德之刃的信念。你曉得那是為了什麼嗎？」

「不。我根本沒辦法想像爸爸會做出那種事。」

「那是為了艾思麗。沒想到我的兒子居然也做出同樣的選擇。原本我以為並沒有把你養得像自己……看來我們相像的盡是些毛病……加油吧。」

我點頭。接著，我的心熱了起來。這樣啊，原來父親也曾為母親扭曲信念。我們真的很像，這讓我感受到家人的牽絆。

於是，我離開房間，到隔壁房從接受治療的男子那裡問完事情後便出發了。

為了讓蒂雅活下去的暗殺。這事，我絕對會辦成。

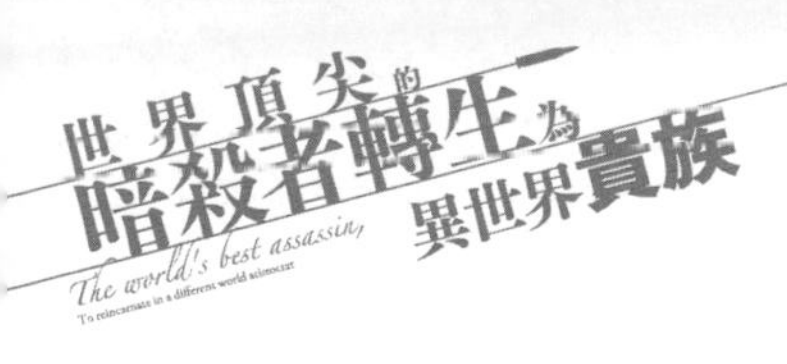

Episode21

第二十一話　暗殺者及時趕上

The world's best assassin, to reincarnate in a different world aristocrat

離開屋邸，身穿暗殺裝束的塔兒朵就在那裡。

「我帶了盧各少爺的裝備過來。我也已經準備好了。」

我收下裝備，穿到身上。塔兒朵一直在偷聽。我跟父親都知道這一點，卻還是隨她的意。相信是她的話，就會像現在這樣替我整裝做好出發的準備。

「目的地在三百公里外。我會用全速趕路，妳是追不上的。」

有塔兒朵在會比較好辦事。

但是，這次不能靠她。接下來非得用全力疾奔才能趕上。

「我沒辦法陪少爺一起去。但是，我可以領路到極限為止。即使盧各少爺有【超回復】，假如用全力跑，魔力和體力應該還是來不及回復。我要出發了！」

塔兒朵都不聽我回話，就施展出我教她的原創風魔法。

以流線型的風結界製造整流罩，劃破空氣減輕空氣阻力以爭取速度的魔法。

塔兒朵全力疾奔，我則緊跟在後。

風的阻力極為可觀，時速超過四十公里後，動能就有一半是用於抵消空氣阻力，速度越快，空氣阻力越會呈指數性增長。

為求趕上而用全力跑，【超回復】便無法追過魔力與體力的消耗量。

然而，只要有塔兒朵在前面用魔法破風領路，我就不會受到風的阻力，【超回復】也可以追上體力及魔力的消耗，趕路步調接近於全力疾奔。

塔兒朵相當拚命。一邊製造風之整流罩一邊全力疾奔，精神和體力都會受消耗。

從後面也看得出來，她的呼吸紊亂，還流了滿身大汗。

即使如此，塔兒朵絕不放慢步調。

就這樣，大概過了一小時吧？

塔兒朵停下腳步。她的腿正頻頻發抖。

到極限了。不，早就超出極限了。以意志力克服極限之後，連那都不敷消耗了。

「對不起，我能領路的部分就到這裡。」

塔兒朵上氣不接下氣地擠出話語。

我從後面來到她旁邊，把手放在她的肩膀。

「謝謝。多虧有妳，我才能保留力氣。」

幸虧如此，接著我可以動用全力。

「……盧各少爺，妳喜歡蒂雅小姐，對不對？」

「沒錯。」

「請少爺加油。請你們兩個要一起回來喔，我會一直等著盧各少爺回來的。」

塔兒朵露出微笑，輕輕推了我的背，然後當場坐倒在地。

明明那是笑容，塔兒朵看起來卻像在哭。

「我絕對會回去。」

而我擱下這樣的她，開始趕路。

因為要是在這裡停下腳步，會讓塔兒朵的努力變成白費。

◇

我一股勁地跑個不停。

一邊跑，我一邊從塔兒朵給我的背包取出染料，將頭髮染色，用喬裝改換臉孔給人的印象，再用頭巾遮住臉。

萬一被人想到事情跟圖哈德有關可不行，所以才這樣喬裝。

到維科尼領的路途並非全是平坦的直線，還有荒山野徑。

來到屬於難關的兩座山頭之一了。

要在幾小時內趕到維科尼領，非得跋涉兩座山。

我爬上第一座山頂，在經過助跑以後，一邊唱誦咒語一邊跳下了山崖。

「【鋼之翼】。」

跟【槍擊】等魔法一樣，這是我以【編織術式者】自創的術式。

我以質輕的鋁質金屬製出滑翔翼。

從第一座山頂起飛，藉由飛越第二座山抄捷徑。

滑翔翼的翼身捕捉到風頭，飛舞於半空。

風撫過臉頰。滑翔翼並沒有動力，只是曳空而過。

除非有上升氣流吹起，否則高度就會逐漸下降。

高度不足，就無法越過山頭。風若不吹……讓風吹起就行了。

「【呼風】。」

我乘著自己製造的上升氣流，一舉拉起高度。

於是，第二座山過去了。走吧，再加把勁。

◇

著陸後，我一面穿越國境一面疾奔。

途中，我吃過口糧，也用魔法造水潤了潤喉嚨。

踏破三百二十公里路途所花的時間為五小時多。

速度如此之快，還能避開他人目光，當中自有其理由。

為了和蒂雅見面，我來過好幾趟。

要不然，靠這個世界的粗糙地圖，才不可能這麼快趕到。我第一次想去見蒂雅時就迷路過。

沒想到每月一次的密會能在這種時候派上用場。

終於抵達目的地。

維科尼領，維科尼屋邸所在的城市於那之中已經成了戰場。

我藏身於距離戰場約三百公尺遠的林子裡。

維科尼不愧身居伯爵之位，其屋邸應該以城堡來形容。

而且還設想到作戰之需，蓋了城牆座落在郊外。

維科尼伯爵的家臣們就是活用那道牆，勉強撐了過來。

然而，敵人數目比我所想的還多，形勢相當不利。

即使有城牆作為地利，相較於貴族派大約一千五百的兵力，伯爵這方不到兩百人。

雖然說具備魔力者有幾人，比整體人數多寡更重要，差距這麼大根本無法對抗。

儘管入侵城內的兵力勉強擋得住，但是看起來隨時都會不保。

不對，這就奇怪了。他們為什麼能壓下攻勢？

就我親眼所見，具備魔力者也是貴族派壓倒性地多。既然具備魔力，要躍過城牆應該也不是多難的事情。

我還有疑問。貴族派那些人，格外留意城堡的窗口。

「原來是這麼回事。」

……因為有蒂雅在，這座城仍未被攻陷。

我躲到樹後死角，屏息靜氣。

在潛入屋邸前，先在這裡引發騷動削弱攻勢。

城堡彷彿隨時會被攻陷的形勢極為不妙。

「做出覺悟吧……要救蒂雅，只能殺了那些打算奪走她的人。」

我盡可能不想殺人。可是，在這種情況下要不殺任何人就把蒂雅救出是不可能的。為了達成首要之務，我決定弄髒自己的手。

我以原創魔法製出槍械。

不用消音器。若是將火力提高到足以射殺在臨戰態勢下用魔力纏身的對手，根本就無法掩飾槍響。

我在圖哈德之眼灌注魔力。

在戰場上，具備魔力與否會有極大的力量差距，據說要對抗一名具備魔力者，必須有一百名不具備魔力的凡人。

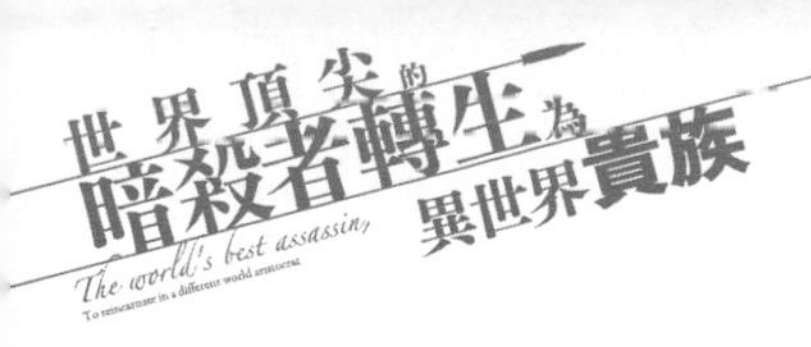

反過來說，只要殺掉一名具備魔力者，就等於殺了一百人。

圖哈德之眼看得見魔力。原本非得相當接近才能感受到對方的魔力，難以判別誰是具備魔力者。

可是，有這對眼睛就能曉得誰具備魔力。

我深深吸氣，然後在吐氣的同時行使火魔法，於槍管內引起爆燃。

鎢製子彈飛射而出，原本在前線作戰的魔力具備者胸前就開了大洞。

先解決一人。

立刻裝填子彈以後，再一人。

淡然地逐次射殺。

毫無浪費毫無躊躇，追求效率的動作。

於是，到第四個人的時候就出現變化了。

具備魔力者改站到將普通士兵當成肉盾的位置，更從同伴被殺時的狀況與聲音，判別出射手所在的方位了。對方朝這裡派遣兵力，還讓弓隊放出箭雨。

我當場離去，並且大幅繞路開始朝對面移動。

「果然，這些人認得槍械。」

應對方式太迅速確實了。

當中的理由很單純。

因為蒂雅早就對他們展現過槍擊。

那正是守方能撐過三天以上的理由吧。

蒂雅的射擊精準度約三百公尺。她用威力足以射殺具備魔力者的射擊，從城裡窗口牽制住了想越過城門的那些人。

不只削減掉敵方數目，有狙擊手虎視眈眈的事實更能讓敵方退縮。

具備魔力者大多屬貴族，或其旁系血親。

他們既有身分地位，又不能將具備魔力者這種強大的底牌當成消耗品使用。

換成雜牌小兵，大概就可以洶湧而上，採取死幾個人讓己方跨越雷池的戰法，具備魔力者卻不能這樣運用。

既然敵方具備魔力者不能上前，維科尼的具備魔力者就能一邊利用城牆，一邊壓過貴族派的普通兵了吧。

我以風魔法探聽風吹草動。

士兵們在大叫，內容是除了維科尼伯爵千金以外，還有人會用鐵礫飛射的魔法。

敵方進攻的速度明顯慢下來了。

一千五百兵力被殺了四人應該算不上多大問題，然而全是具備魔力者遭到針對，使得軍心大受動搖。

要乘勝追擊就趁現在。

繞完路之後，我躲在對面林子用魔法造出金屬弓與箭。

這種箭附有特殊零件。

我把封有紅光的寶石裝入零件裡。

「雖然我不想用這張底牌……但也由不得我說這些了。」

寶石的真面目是琺爾石。而且灌入其中的魔力已接近臨界點。

琺爾石這種礦石具有儲存魔力的特性，原本是用於測定魔力量。

但是，若灌注的魔力超出極限就會讓封存其中的魔力爆發。

以前我差點用這種石頭炸翻圖哈德的屋邸。

經過幾次實驗，我發現用轉換成火屬性的七成魔力、風屬性的兩成魔力、土屬性的一成魔力灌入其中，殺傷力最高。

我在已接近臨界點的琺爾石裡進一步灌注魔力。

啪的一聲，魔力超越臨界點，琺爾石裂開了。

我拉弓，然後放箭。

箭矢留下散發紅光的軌跡，並且穿過林木空隙落在貴族派的士兵隊列中心。

接著，七秒鐘過後。

光芒湧現，掀起了大爆炸。

由火屬性產生的火焰，連著風屬性捲起的風發生爆炸，土屬性魔力則化成無數鐵片，靠爆壓像槍彈一樣地飛散四射。

爆壓的效果範圍約為兩百公尺。透過爆壓炸開的鐵片所造成的二次災害，則是從該範圍遍及數百公尺外。

好幾十人被炸飛，被爆壓燒傷，被鐵片貫穿身軀。

珐爾石裡有著普通魔法士三百人份的魔力，一旦爆發就會如此。

我的魔力量固然超過常人的千倍，一次所能釋出的量卻遲遲無法提升，頂多只有他人的七到八倍。

然而有這種珐爾石，我就使得出這樣的技倆。

我又發了三箭到敵人的密集地帶，順便用【槍擊】多射穿一名具備魔力者，然後就當場離開了。再留在這裡會有危險。

剛剛那也可以算是一種暗殺吧。

所謂暗殺，指的是不露真面目就從對方的意識之外將其殺傷。剛才，死在我【槍擊】之下的具備魔力者，還有被珐爾石炸飛的那些人，全都沒有察覺自己是被誰所殺就喪命了。

我之所以貫徹暗殺，並不是出於暗殺者的自尊心。因為除此之外別無他法。

衝上去硬碰硬就會遭到人數壓倒而被殺。即使有槍或珐爾石，也改變不了這一點。

但是換成暗殺，連現身都不用，就可以單方面讓敵方陷入混亂，削減其戰力。

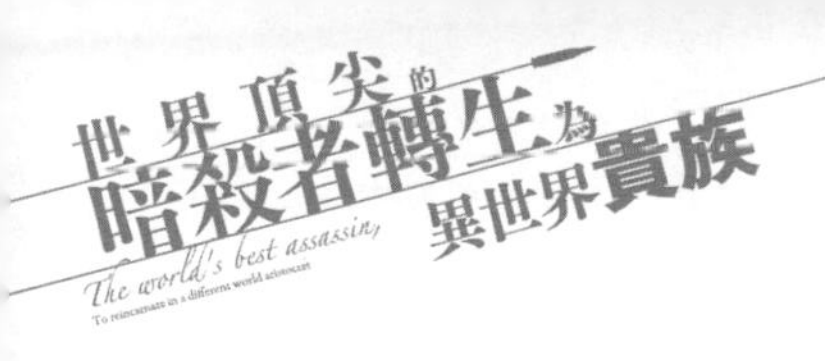

那麼，琺爾石四度爆炸，貴族派的士兵們完全發慌了。

理應可靠的那些具備魔力者連自己在與誰交戰都不明瞭，開始心生畏懼，發現具備魔力者會優先成為目標，也讓恐懼的情緒加劇。

「維科尼的士兵訓練得不錯。看來他們有認出這是好機會。」

原本單方面陷入守勢的維科尼伯爵兵團開了城門展開突擊。

即使除去了相當數量的敵兵，現狀是雙方人數仍有差距。

然而，就算人數有差距，敵方正處於極度恐慌的狀態。趁現在便能轉守為攻。

實際上，維科尼伯爵的兵團就以具備魔力者為中心，開始驅逐敵人了。

戰場陷入大混亂，不必擔心城堡會立刻被攻陷了。

我本來就不認為自己能隻身將這場戰事翻盤。

剛才的一連串攻擊是聲東擊西。

為了不讓旁人注意我與蒂雅的動向，戰況就不能一面倒，最好讓局勢陷入沒空看其他地方的大混戰。

何況我用琺爾石，還有另外兩層意義。

這是為了救蒂雅所布的局。

好了，現在要潛入屋邸已非難事。走吧，去暗殺（救）蒂雅。

第二十二話　暗殺者前往公主身邊

我殺了眾多士兵。

我殺的並非盡是惡人，當中也有接了命令而非自願上戰場的人。

……這讓我心痛。在前世不曾有這種感情。

在聲東擊西之前我便決定了。

為了救蒂雅，就要殺那些打算從我身邊奪走她的人。

如果還要挑手段，根本不可能救蒂雅。

所以，我不會後悔。要懺悔，等救了蒂雅再懺悔就好。

「幸好不是設想中最糟的情況。」

結果來犯的兵力如此龐大，這是我錯估局面，但我還設想過更糟的情況。

我有用巴洛魯商會的情報網收集關於勇者和神器的情報。

而在過程中，我掌握了極可能是勇者的男子，與他所持的神器情報。

庫林獵犬，魔槍蓋伯爾加。

那男的，就在這個國家。

會不會就是他站到了貴族派，才讓貴族派反叛成功？我做出了這項假設，而且能夠背書的證據雖少，卻還是存在。

萬一我那樣假設是對的，甚至可能在這裡遇到力量相當於勇者裝備了神器的敵人。

不過，最糟的設想落空了。假如他在場，肯定會現身才對。

「接下來又要一番折騰。」

戰場陷入大混亂，入侵屋邸變得輕鬆許多，但要抵達蒂雅身邊依舊困難。

暗殺蒂雅絕不能明目張膽地下手。換句話說，除了少數人以外，連家臣都不知道我要讓蒂雅詐死然後帶她走這件事。

維科尼的戰敗已無可避免，許多家臣都將成為俘虜接受審問或拷問。之所以顧慮這些，也是為了避免祕密到時候外洩。

因此，我非得隻身潛入貴族派率軍攻打三天，仍沒有任何一人能入侵的城堡。

常人大概不可能辦到，但身為暗殺者的我就可以。

有個詞叫屏息靜氣。

實際上那並不是讓氣息完全消失。即使可以不出聲音，讓自己變得不醒目，身體依然存在於那裡，還是會呼吸，還是有氣味，更有體溫釋出在外。

人只要活著，就會一直釋出存在的痕跡。

所謂屏息靜氣，是盡可能抑制痕跡，將自身置於他人知覺範圍外的技術。

為此，就必須擁有比誰都廣的視野與知覺範圍才行。

我施展為此所創的魔法。

風滿盈於四周。

由風運來的情報洪流在腦中肆虐。換成常人應該已經燒壞腦袋了……但是，我從平常就在處理足以讓常人崩潰的大量情報，並且以【超回復】和【成長極限突破】提升了腦的性能。正因為如此，才能承受這種情報量。

這種魔法會讓風流過，將其流向的變化轉換成立體視覺，藉此我就能看見目不所及的地方。

我進一步拾取聲音確認狀況，細聽呼吸及心跳，感受熱量，判讀範圍內所有人的動作。這是我在轉世前不用魔法也能做到的技術。

如今看得這麼透澈，我彷彿連未來都可以洞穿。

我導出可以鑽過所有人意識範圍之外的入侵路線了。好，走吧。

◇

我鑽過眾人的意識空隙潛進了屋邸。

就這樣前往蒂雅身邊。

我知道蒂雅的下落。

我用琺爾石轟炸，不只是為了改變戰況。

那是朝蒂雅發出的訊息。

使用琺爾石，蒂雅就會察覺我來了，如此一來她絕對會從窗口探出臉。

如我所料，在第四次轟炸的同時，蒂雅就從窗口探出身子了。因為看見她的身影，我才曉得房間位置。

沒被任何一個人發覺的我直接抵達蒂雅所在的房間，並且朝門伸出手。

門被上了鎖。我用操作金屬的魔法強行開啟。

房間裡有蒂雅及壯年男子待在其中。

「盧各！你真的來了！」

蒂雅拖著銀色秀髮撲到我懷裡。

不知道為什麼，此時我才發現自己的身高已經追過蒂雅，內心有些欣喜。

我緊緊摟住蒂雅，確認她的溫暖。

我最喜歡的蒂雅氣味與柔軟觸感。

所幸她平安。

不過，蒂雅臉色蒼白。圖哈德之眼看出了其中原因。

她幾乎用盡魔力，魔力欠缺症將近要發作。

蒂雅應該是拚了命地希望盡量保護家臣們吧。

「我們約好了吧。當妳希望我趕來時，我絕對會趕來。」

「……原來你還記得那麼久以前的約定啊。」

我點頭。我不可能忘記跟蒂雅之間的約定。

有個壯年男子正用複雜臉色看著相擁的我們。

他的穿著並不華麗，但是有股正牌貴族獨具的風範及洗鍊美感。

「我本來以為我這女兒根本不懂男女之情，沒想到竟然早就心屬於你。這是我倆初次對面。我乃迪慕爾・維科尼，這孩子的父親。」

「我是盧各・圖哈德，為回應你的委託而來到了這裡。」

「之前委託的是希望你將女兒帶走，看來她會在另一層含意上也被你帶走……明明我交代家臣們拋下維科尼逃命。他們卻說不能棄蒂雅還有我於不顧，最後還看出我們打算向貴族派投降，就這樣把我們關了起來。」

維科尼伯爵好似驕傲，好似傷悲，懷著種種的感情朝我細語。

他會希望託人把蒂雅帶走，也是為了讓家臣逃命吧。

蒂雅若是死了，他們就沒有必要留在此地。

那些家臣便能放棄這場敗局已定的戰爭，然後各自逃走。

「維科尼伯爵，請問你有何打算？」

「如果只有我要撤，怎樣都會有辦法……我稍微想上陣戰鬥了。所以，我會能鬧就鬧地吸引住敵人，等其他人容易脫身以後再銷聲匿跡。我打算暫時躲起來，替驅逐那些逆賊做準備，為了把這個國家歸還給正主。」

身居伯爵之位，從小就具備強大魔力並接受鍛鍊，何況他是父親稱作朋友的男人。只需要考慮獨自活下去的話，他應該怎樣都會有辦法。

「我了解了。維科尼伯爵，我會在這房間放火，策劃的情節是蒂雅自殺。我這裡正好也準備了身材嬌小，看起來恰似蒂雅的屍體。」

「我還納悶你背後怎麼有個大袋子，原來裡頭是屍體嗎？」

使用琺爾石的第三個目的是安排焦屍。我撿了一具被爆壓炸死的屍體，還稍微動過手腳使其變得像蒂雅。

「是的，我會讓這具屍體戴上蒂雅的戒指，烤焦後就能完美假造成蒂雅的屍體。」

假如在前世玩這種花樣，齒模之類的一驗就會穿幫，但是在這裡就無須擔心。

「真羨慕祈安有個了不起的接班人啊。」

我從背包拿出油。

以床鋪為中心澆下滿滿的油。

「最後則是表演。蒂雅，妳從窗戶探出臉大喊，台詞的內容要像這樣：『再有人為

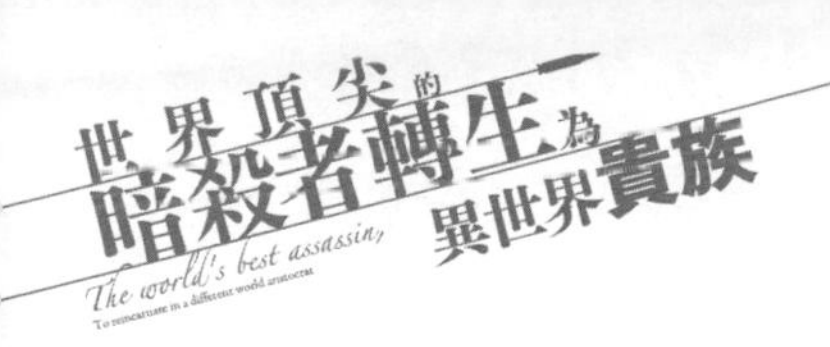

了自己而受傷，我於心不忍。我不會成為任何人的東西。』說完就把窗戶關上，然後我會放火。」

「嗯，導得不錯。在前線指揮的人，已經接到蒂雅會詐死的指示了……到時候應該會趁亂帶家臣們逃命。蒂雅，妳也同意這麼辦吧？」

「是的，爸爸。」

家臣不會全部得救。

就算停止抗戰一心要逃，必然還是有幾人會落網。即使逃出生天，往後的人生能否順遂也是未知之數。

但就算這樣，仍比在這裡持續無望的搏鬥有希望。

蒂雅正是明白這一點才沒有違抗。她做出覺悟了。

其實，她應該會希望這場仗打贏。

只有蒂雅察覺，如果我出全力，這場戰爭便能獲勝。

畢竟她知道，只要有我們共同研發用來對付勇者的魔法，就可以殺光敵軍。

蒂雅心裡應該巴不得求我將貴族派斬草除根。

可是，她沒有那麼做。蒂雅明白打贏這場仗也沒有意義。

為了救更多的人，她明白我提出的方案是最為妥當的。

「盧各，隨時準備好了。」

蒂雅灌注堅強意志，背對我朝窗口伸手。

她打開窗戶，隨著決心開了口。

這樣我的工作便幾乎告終。

接下來只要跟蒂雅兩個人回到圖哈德就好。

希望這齣戲能不出差錯地直接演下去……當我這麼想的瞬間，就冒出強烈的寒意。

我用全力凝聚魔力，抓住蒂雅肩膀把她拉到背後保護。

這下糟了。

在蒂雅打開窗戶開口的瞬間，我冒出了寒意。

當中並無道理，而是靠第六感。

正因為是暗殺者才有的危機感測能力，敲響了警鐘。

我幾乎是無意識地抓了蒂雅的肩膀，把她拉到背後保護，還在琺爾石裡注入魔力，使其達到臨界狀態，並從窗口探身出去。

有一名高大男子遙遙從城牆後方朝蒂雅擲出了長槍。

男子紅髮直豎、肌肉隆隆，猙獰的笑容與其相襯得令人厭惡。

該名男子的周圍充斥著難以想像為此世之物的凶猛魔力。

那真的是人類嗎？

因為我有看得見魔力的眼睛，才能體認到。

長槍裡灌注了與我的瞬間魔力釋出量無法相比的巨量魔力。

我用魔力將臨界狀態的琺爾石彈射出去。

高大男子擲的槍改換形體，岔開的槍頭外擴長出倒刺並加速飛來。

那速度甚至凌駕以【槍擊】發射的鎢彈。假如不是用這雙眼睛應該就看不清了。

長槍通過後掀開了大地，貴族派和維科尼領的兵團都在瞬間變成絞肉。不只槍尖有殺傷力，槍身四周還形成了目不可視的利刃。

那既是長槍，也是大規模殺傷性武器。

男子擲的槍撞上我用手指彈射的琺爾石。

這顆琺爾石是特製品，加諸的指向性讓爆炸集中在前方。

超音速長槍與含有鐵片的三百人份超大魔力迎面對轟。

長槍穿過炸開的魔力，將外牆轟得粉碎，插在城內壁面停住了。

假如沒有靠琺爾石的爆炸減弱其威力，目不可視的利刃將切碎四周，這座屋邸和我們都無法倖免。

插在牆上的長槍喀噠喀噠地動了起來，又飛回持有者的身邊。

……這就是神槍嗎？

情報收集到了，也總算快要辦好收購一件神器的手續，但我是首次目睹實物。

我跟那名男子對上目光。與他之間的距離，約為六百五十公尺。連我的【槍擊】都只能觸及而無法精準射擊的距離。

在這種距離下，那傢伙靠擲槍精確地瞄準了我們這裡。

靠神器的性能嗎？那固然也有，但不只是如此。那名男子的本事與荒謬的瞬間魔力釋出量使其變成了可能。

希望只有釋出量異常，總量仍屬普通，但這樣想實在太過樂觀。

總之，此刻該做的是回敬對方。

我唱誦魔法，喚出大砲。對付怪物用槍不夠。

刻有膛線的１２０mm砲。

砲身厚實，砲彈也隨比例加大成了有如牛奶瓶的異色彈丸。

而砲身厚實就代表能夠承受更強烈的爆炸。

就算豁全力引爆也承受得住。

「你們倆都捂住耳朵，將嘴巴保持半開！【砲擊】。」

在底牌中威力排第四高的必殺魔法發動。

超重超硬的彈丸透過膛線呈高速迴轉射向男子。

與【槍擊】沒得比。假如那是步槍，這就是戰車砲。

畢竟把鎢製砲彈推送出去的火力，是不折不扣用上全力的爆炸魔法。

儘管這一點常被人誤解，但超大型砲筒的命中精準度更勝步槍。

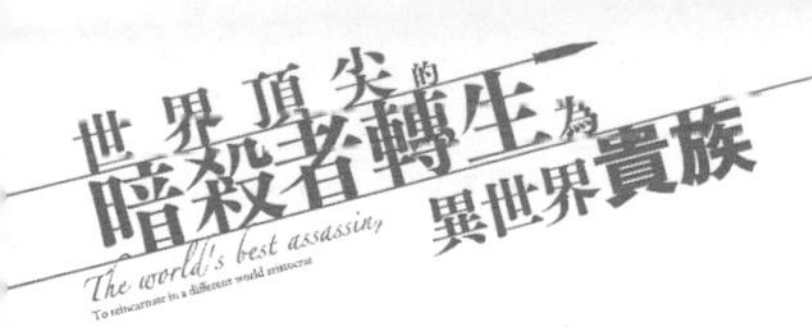

速度快、抵達時間短就能讓重力的影響變小，動能與質量越是龐大，受風等因素的影響也就越少，精準度便隨之提升。

【槍擊】的極限是四百公尺，但【砲擊】就能狙擊到一公里之外。

……問題頂多在於聲勢略嫌浩大，不適合用來暗殺而已。

於【砲擊】過程中，砲口初速為1650m／s。可達4.8馬赫。

零點四秒便命中六百六十公尺前，巨響傳遍周遭，沙塵揚起。

戰車砲藉著腳架及固定錨加持的堅實底盤開火，導致牆面龜裂，窗戶盡破。

蒂雅和維科尼伯爵呆若木雞地張著嘴。

「哇啊，好久沒看到盧各用【砲擊】了，這樣子，那個人應該不留痕跡了吧。」

「剛才那是什麼名堂？」

「我的暗殺術之一，用於擊殺遠方的目標。」

「我開始不明白暗殺到底是怎麼一回事了。」

那麼，如果下這種程度的重手就能讓他死固然最好。

但答案立刻揭曉了。

沙塵散開以後，男子仍健在。

他額頭流著血，並露出依舊凶猛的笑容。

我也希望自己笑得出來。

乾脆射偏還比較能抱持希望。

匹敵戰車砲的【砲擊】直接命中，居然只受這點傷。

「痛啊啊啊啊啊啊啊，這就是疼痛嗎！第一次感受到，還不賴，喂！」

男子的大吼連這裡都聽得見。那種吼聲是威嚇，亦是喜悅。

蒂雅在發抖。

男子的肌肉進一步膨脹，衣服爆開，還長出了宛如惡鬼的尖角。

……這我有頭緒，是S級技能【狂戰士】。

以憤怒為扳機，讓體能與魔力提升，進而靠憤怒氣場獲得攻擊與防禦的提升補正。這項技能只能憑條件強化，相對地提升幅度便凌駕於其他S級技能。

即使【砲擊】下次又直接命中，應該也無法讓他感到痛癢。

「盧各，你趕快帶蒂雅逃走。既然那男的出現，就連詐死的餘裕也沒了。之前的內戰，就是由那男的一手終結。王族表示無人能抵擋那男的就投降了。隻身將戰爭終結的男人便是那廝。沒想到，他這麼快就來了。」

維科尼伯爵親切地做了說明。

隻身終結戰爭的男人是嗎……要比的話，圖哈德更高明。畢竟我們可是在戰爭開始前就將其終結了。

男子滿面喜色地望著這裡，並且繼續吼：

「聽說有女人會用棘手的魔法，沒想到來這裡就有了驚人發現。那裡的小子聽好，我讓你做選擇！要被殺得一個不留，或者像個騎士出來跟我決鬥！只要你贏了，我就率全軍撤退，再也不會對維科尼領出手！千萬別想溜，不然我可沒有自信能克制住自己！畢竟這是我頭一次找到可以好好較量的對手！」

我明白他是什麼樣的人物了。對維科尼領撐過三天以上感到煩厭的貴族派了他過來。於是，身手太強而無聊的他看到第一次令自己受傷的我便大為欣喜。

這男人好比鬥爭心的化身，所以才會對像樣的決鬥有所憧憬，還因為找到人生中第一次可以決鬥的對手而躍躍欲試。

……那既是疏忽，也是驕傲，更讓人有隙可趁。

我在自認無敵的男子身上找到了致命弱點。

「維科尼伯爵、蒂雅，我完全被對方盯上了。基本規格差距太大逃不了，接到決鬥的要求就不得不回應。」

「怎麼會……盧各，不過由你出馬，就贏得過那個人對不對？」

蒂雅無助似的問。

我緩緩搖頭。

「決鬥的話百分之百會輸。既然【砲擊】要不了那傢伙的命，我在決鬥中就沒有任何能殺他的手段。頂多撐十秒。」

我造出鎢製的雙手長槍。由於是超重金屬，雙手持的長槍重量超過一百公斤。接著，我在槍上施加兩種魔法。

「那麼，你為什麼還能冷靜？輸了就會死喔！太魯莽了。我也要一起戰鬥。」

「我只是說決鬥贏不過……雖然我表示願意接受，但我才不會跟他鬥。所以，這把槍要這樣處置。」

我從窗口扔出長槍。

蒂雅看似不安地在眼裡盈著淚水。

居然把剛造好的長槍扔出窗外，她大概以為我是錯亂了吧。

但是，這有莫大的意義。

「蒂雅，我既不是士兵也不是騎士，更不會是勇者。我是暗殺者，我才不跟人決鬥……我會的就只有暗殺。這次我也要如此處理。」

我朝她露出了微笑，表示沒有任何問題。

暗殺這檔事，變化性意外豐富。

即使在這種局面還是能暗殺。

倒不如說，暗殺所需的工程幾乎都已經結束了。

「維科尼伯爵，請跟我來。既然對方說要以騎士之間的決鬥來了結這場戰爭，你有必要到場做見證。」

實際上，將戰爭的勝敗託付給一名騎士，說來在這個世界不算稀奇。

遇到戰力相互拮抗的情況，拖長戰事將讓彼此都陷入疲敝。為了避免如此，就會選派身手最好的騎士決鬥定勝負。

沒想到事情會變成這樣，我居然得仿效騎士……計畫一直脫序。然而，有意外發生是理所當然的。臨機應變持續處理這些狀況正是暗殺者必須做的事。

拯救蒂雅。只要能達成那個目標，過程怎樣都無所謂。

「我明白了。走吧，抱歉拖累了你……用剩下所有戰力拖住那男的，讓你和蒂雅趁機逃走，倒也是一個法子……」

「別那樣比較好。面對那男的，即使那麼做也撐不過一分鐘，何況也沒有必要。我剛才就說過了吧，我會暗殺那男的。」

那男的強得超乎常軌的理由是什麼？

假如他真的是勇者，殺掉或許會造成問題。

然而，要是不能在這裡將他暗殺，橫豎都會完蛋。狀況由不得我奢望將來。

先殺就是了，之後再來思考。

暗殺者（我）能做的就只有如此。

我拋開蒂雅擔心地凝望而來的視線，並且跟維科尼伯爵一塊來到中庭。

「我明白了。我接受決鬥。」

向那名紅髮男子轉達肯接受決鬥的意願以後，那傢伙看似由衷開心地笑了。

我一面前往他那邊，一面倒數。

還剩下四百四十三秒。

先前的激鬥已像是不曾發生過一樣，雙方陣營都歇戰了。

那男的張口一吼就這樣了……真是怪物。

從城堡走過數百公尺的距離後，我在開闊的平地跟那傢伙面對面。

那傢伙紅髮倒豎，手裡拿了比身高還長的雙手槍在等我。

其體格原本就筋骨隆隆，受了S級技能【狂戰士】加持更是壯碩到異常，眼裡還微微發光，而且生了角，猶如厲鬼。

身披的鬥氣具現成形，好似烈焰纏身。

……奇怪了。【狂戰士】在發動時會獲得過人的力量，相對地應該會有失去理性的副作用，但他好戰歸好戰，卻還是留有理性。

我是想到有技能可以抵銷【狂戰士】的缺點……不過會巧到被他與【狂戰士】同時抽中嗎？假如是女神讓他挑的倒能理解。

還剩兩百二十一秒。

「小子，你的名字是？」

「菲力・瑪寇尼。跟維科尼相當於遠親。」

我總不能報上本名，只好報假名。

「菲力，我記住了。多虧有你，我頭一次知道自己的血是什麼滋味。」

男子一邊這麼說，一邊就舔了從額頭流下來的血。

他的傷口已經癒合了。雖說是具備魔力者，傷勢也並非幾分鐘就能好才對。

將牢固體魄用【狂戰士】強化的絕對防禦，再用某種技能抵銷【狂戰士】的缺點，他並沒有喪失身為戰士的作戰技巧，因此要給予直接打擊會很困難。還外加皮肉小傷立刻能痊癒的條件。

我忍不住想抱怨：作弊也該有節制吧。

「那太好了。只有我報上名字不公平吧，你也要告訴我姓名。我們接下來將會決鬥，沒有先互報名號未免乏味。這是騎士的禮儀。」

雖然我覺得不重要，無奈這男的想玩騎士家家酒。

那就陪他玩吧。越沉浸於這種騎士家家酒，越容易操弄其行動。

「那真抱歉。我叫瑟坦特．馬格涅斯。不錯，在戰場上才更需要格調。」

馬格涅斯是與我方王族血脈相通的家族。此等出身的他，為何會追隨貴族派？

……而且，他還是馳名的【庫林獵犬】。

這下確定他是最有可能成為勇者的男人了。

不，當他使用那挺長槍時就已經曉得了。

「瑟坦特。我有事想要確認。一旦我贏了這場決鬥，你就會撤兵對吧？」

「我不就那麼說了？我會撤兵，並且再也不出手，其他傢伙敢動手，我誓會宰了他們。不然我乾脆在此立誓（Geis）吧？」

瑟坦特傻眼似的聳肩。

所謂立誓，就是對神獻上的誓言。

「我相信你。不過，我會在決鬥中獲勝並且取你的命。我擔心約定能否被履行。」

為了讓他更激動，我刻意出言挑釁。

「真敢講啊……我頭一次碰到對我用這種口氣的傢伙。喂，笛魯姆勒！萬一我死了，你替我履行誓言！這樣滿意了嗎！」

「感謝。然後，我要問最後的問題。我若輸了會如何？」

「要是那樣，我帶走蒂雅公主以後就會殺光所有人。雖然我並不覺得痛快，但事情就是這麼定的。你聽了也比較有鬥志吧？」

「是啊，鬥志高昂。這下我輸不得了。」

「那趕快開始吧，我都快餓死了。我飢渴得很，對於所謂的強者。」

坦白講，我不適應他這種調調，跟我的性子不合。

「瑟坦特，在那之前要不要讓周圍的雙方士兵退下？跟你交手，我沒有自信能不連累四周。只要勝過你，戰爭就結束了。那麼，也沒有必要多殺無謂的人吧。」

「你可真好心。家裡教出來的？」

「是啊，我被管教得相當嚴。」

雙方陣營的士兵聽我們的話退下了。

雖然為了救蒂雅，我已經決定做必要的殺生，但我不想殺無謂的人。

……再說，這項藉口正好可用來爭取時間並且就定位。

我們和屋邸稍微拉開距離。挑塊好施展的地方才方便吧？我一邊這麼問他。

藉此把他引到目的地，並做微幅調整。

我用魔法造出四柄鈦合金短刀，兩柄佩在腰際，兩柄拿到了雙手。

還剩四十四秒。

「抱歉，讓你等我做準備。」

「行，沒在萬全的狀態下打也沒意思。原來你是二刀流？嘎，好小的刀子。我可不覺得你用那種小刀能接下我的槍。」

「打過就曉得。不，或許你不會懂。」

我這二刀流，說起來只是障眼法，好讓他注意我這邊而忽略重頭戲。

「什麼意思？」

「意思是這場決鬥，我連槍都不必接就會結束。」

還剩十九秒。

「小子，你實在很敢說。這話太有趣，我快忍不住殺人了。開戰信號怎麼安排？」

「就等這枚硬幣落地如何？」

「可以。」

我用手指彈出硬幣，硬幣打轉著飛上半空。

瑟坦特的意識專注在那裡了，於決鬥中，最初的行動比什麼都重要。正因為如此，他集中了全副精神以免錯過硬幣掉下的瞬間。

……甚至專注到不看其他地方。

還剩八秒。

他並沒有發現自己即將遭到暗殺。

歸結來說，暗殺就是從意識之外予以殺害。

哪怕像這樣站在對方眼前，還一邊交談，我仍可以從意識之外殺人。

沒錯，正如現在。

「我不是騎士，因此不會成全你的美學或格調。我只會讓你……受死。」

倒數歸零。

硬幣落地的瞬間。那傢伙的鬥氣與魔力爆發開來，瑟坦特從我眼前消失了。

那不表示他以超高速移動了。他原本是準備如此出招，但我趕在前一刻將他暗殺了。靠著連圖哈德之眼也無法完全追上的一擊。

接著瑟坦特原本所站的大地就被鑿開數公里深，地裂的範圍隨搖晃增廣。

我將所有魔力移至雙腿並向後躍起，躍起後立即將全部的魔力轉用於防禦。

我用了或許光靠餘波就足以致命的魔法殺他。非得傾全力保護自身才行。

於是，時候到了。

大地爆發開來。

衝擊波與沙土形成的海嘯，以瑟坦特原本所在的位置為中心呈放射狀擴散出去。

我瞬間遭到吞沒。前後左右，全都分不清楚就被炸翻，導致我活埋其中，連著土石流一同被沖走。

我靠風之保護膜確保氧氣，拚死命地釋出魔力持續護身，否則會死。

我連自己被重摔幾次，被翻攪了多久都不清楚。

搖晃總算停下了。

來自我檢視，雙腿已經骨折。這是以超出極限的速度往後躍起的反作用。另外肋骨有裂痕，左臂則是斷了。雙腿與肋骨的部分，可以將魔力轉移過去加強自我痊癒力。由於斷得很俐落，就這麼接回去無妨。

不過，左臂有複雜骨折。若不經過處理就加強自我痊癒力，或許會接歪。先以應急處理湊合吧。

我使用土魔法，從堆積如山的沙土中掙脫出來。

令人傻眼。我似乎從剛才的位置被震飛撞上了城牆。

「研發用來對付勇者的術式【昆古尼爾】。瑟坦特，那就是殺了你的魔法之名。」

眼前一片悽慘的景象。

以瑟坦特原本所在的位置為中心，至少有數公里的大地被鑿成錐狀且深不見底。捲起的沙土甚至落到了城堡屋頂。

餘波就造成此等的破壞。受到直擊的瑟坦特不可能倖免。

連存在的痕跡都沒有留下。

周圍有眾多的士兵遭到活埋，維科尼的兵團正展開救助，反觀貴族派的兵員則是嚇得落荒而逃。

最初有讓雙方人馬先避難果真太好了。

假如他們待在半徑兩百公尺之內，應該就死傷慘重了。

用來對付勇者的暗殺魔法，【昆古尼爾】。

實際上，當我從窗口扔出鎢製長槍時，暗殺已經完成了八成。

土魔法之中，有魔法可以讓接觸對象的重力變成兩倍。

試著加以研究以後，我發現那是用指定倍數增加重力強度的術式，還可以將數字改成負數。

我把鎢承受的重力改成了負兩倍。

換句話說，它會以大約19.8m／s^2的加速度逐步升天。

我用魔力所能維持的極限約為三分鐘。長槍在這段時間將一邊加速一邊上升，即使沒有逆轉重力也會持續攀升到動能消失為止，在高度1023.5公里處停住。

當然，停住之後就只會下墜。

從高度1023.5公里呈自由落體下墜，將加速到秒速4480m／s為止。

100kg的物質，會以14馬赫的速度降落。其威力約莫是3.6×10^9焦耳。

戰車砲的動能為9×10^6焦耳，以此當基準就有400發戰車砲的威力。重量越是增加，威力就越能提升，但是增加的質量也會讓重力逆轉術式的消耗魔力增加，導致維持時間變短。

以現狀而言，這樣的威力便是極限。

……這招【昆古尼爾】的原型，是美國研發過的兵器，上帝之杖。

從軌道衛星投下金屬，藉以實現匹敵核武威力的動能武器。

要令其實現，將如此質量運上衛星，費用本就十分昂貴，假使成功了也有在抵達地表前就會因摩擦生熱而燃燒殆盡等問題。

然而，用這個世界的魔法就能輕易克服門檻。

運到高度一千公里處只需要逆轉重力，至於摩擦的問題，也有【驅風】這種能讓風避開物體的方便魔法可以解決。

這招【昆古尼爾】是我目前的最高火力兼王牌。

「雖然我早就心裡有數，威力姑且不提，缺點還是太多。」

即使先撇開其他問題，仍得檢討抵達地表為止所費的時間。

基於讓物體上升至超高處，然後墜落的招式特質，到命中為止要花十分鐘左右。

接著則是以長槍針對一點攻擊的問題。

若是對付普通的具備魔力者，靠餘波就足以取命，因此半徑一百公尺內都是致死領域，但是換成勇者等級的對手，長槍本身想必要砸中才管用。

雖說託魔法之福可以忽略掉空氣阻力，然而連星球自轉在內，仍需要做各種計算。

即使算出來了，將長槍扔向天空時有些許角度誤差就會造成致命性偏移。

幸好，我先在無人島練習過好幾次。

要不然，大概就射偏了吧。得感謝幫忙找到那座島的瑪荷。

儘管這次落點正如計算，但這項術式可以說仍有改善的必要。

「總之，先確認屍體。」

我用風魔法索敵。雖然我想是收拾掉了，卻無法說有把握。降落速度達14馬赫的【昆古尼爾】連用圖哈德之眼都看不清。

即使以風掃遍四周也找不到男子的身影。用土魔法探測地中亦無反應。

還有一件事令我在意。那就是找不到神器蓋伯爾加。神器永存不滅。所以，連那一波衝擊都不可能使其消失。

既然東西不在，難道說，是被那個男的帶走了？

「不會有那種事吧。」

假如他還有餘裕帶著槍逃跑，應該就會繼續跟我決鬥。

蒂雅朝著我這邊跑來。

貴族派的那些士兵，都已經撤退……不，都已經逃了，這裡安全無虞。

他們應該不想跟引發這種災害，還殺了瑟坦特的怪物交戰吧。

「盧各！太好了。幸好你沒事。」

蒂雅撲了過來，我便把她接到懷裡。

蒂雅似乎有見人就抱的習慣。我吻了她的臉頰，大概是分外害臊的關係，蒂雅連耳朵都紅透以後就把臉別開了。

我對那樣的蒂雅愛得無法自拔，就要她把臉轉過來，並且由我主動吻了她的唇。蒂雅接納了那個吻。或許是因為我們倆的個頭高矮反過來了，她拚命踮腳的動作好令人憐愛。

只是讓嘴唇相觸，孩子氣的吻。

明明如此，為什麼我會這麼幸福，胸口又如此溫暖？

「太突然了，你嚇了我一跳……不過，我好高興。」

蒂雅每一個動作都很可愛。

……那麼，接下來該怎麼辦？那些人逃得一個不剩，根本沒辦法讓蒂雅詐死。

這是我在人生中第一次暗殺失敗。

然而感覺不壞。雖然我曾以暗殺率百分之百自豪，但是蒂雅獲救更讓我高興得多。

換成以前的我，也不可能會用這種方式思考。

那場決鬥過後，發生了許多事。

我又花了時間調查，卻都沒有找到瑟坦特，以及神器蓋伯爾加。

還有，儘管貴族派撤兵了，再加上我跟瑟坦特已經約法三章，維科尼伯爵仍認為遭受報復的危險性極高，就把私財發給了那些家臣，指示他們各自離開維科尼領。

維科尼伯爵本身則透過關係銷聲匿跡，儲備實力，還表示將來要征討逆賊。

然後，蒂雅將在圖哈德拋棄本名，以別人的身分活下去。

照父親的手腕來想，準備戶籍等細節應該都不會疏忽，維科尼也說他會偽裝成蒂雅人在司奧夷凱陸。

說來不太莊重，但是跟蒂雅一起生活很吸引我，有她陪伴研究新魔法會更加順利。

對我來說是喜事。

……另外，對付勇者的底牌已經用掉了。還是在眾目睽睽之下。雖然應該沒有人看穿【昆古尼爾】的原理和性質，一度見光的底牌（Card）可靠度仍會滑落。

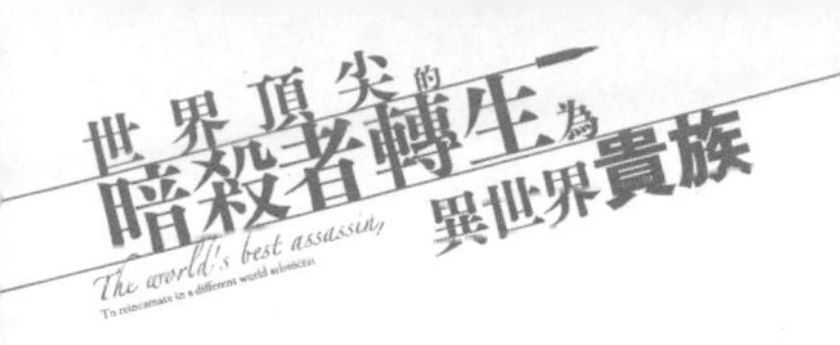

研發新魔法，而且必須創出超越【昆古尼爾】的術式，為此我會需要蒂雅的協助。

現在我正把蒂雅當公主抱在手裡踏上歸途。

用這種方式趕路比用肩膀揹還累人，由於複雜骨折而動了手術，並加強過自我痊癒力的左臂仍有些疼痛。但是，這樣做對心靈層面相當好，享受得到蒂雅的溫暖與柔軟。

「蒂雅，這樣好嗎？」

「……事情變成這樣很令人難過。不過多虧有你，才沒有淪落到真正悲哀的局面。謝謝你，盧各。」

結果，維科尼失去了領地、財產及家臣。

即使如此，我仍覺得避開了最惡劣的事態。

「雖然在適應圖哈德的生活以前會比較辛苦，麻煩妳加油。」

「那倒不用擔心。之前就住過兩週了，再說我也喜歡圖哈德領。何況有你在啊。」

為了怕我操心，她努力發出開朗的嗓音。

蒂雅是個堅強的女孩。

太陽已經西沉。那對逃亡的我們來說正好。

「欸，盧各，為什麼你會賭命來救我呢？對圖哈德而言，這大概沒有任何利益，對不對？」

「我是為了妳。畢竟我們約定過，只要妳呼喚我，我就會趕到。」

「……這樣啊。盧各，謝謝你。我會用我的方式報恩。」

「別介意。我跟妳約定的動機就是要還妳恩情。假如報完恩之後又讓妳報恩，就變成永遠都還來還去了。」

因為對蒂雅有不情之請，我才會說自己願意做任何事，那個約定當初就是在這樣的動機之下講好的。說起來也等於報恩。

「是啊。不過，能互相還一輩子的恩情，好像滿棒的耶。」

「的確啦。」

我心裡的陰霾，尚未散去。

可是，有一絲絲的光明被點亮了。我有這種感覺。

◇

後來我們設法回到圖哈德了。

真是幸虧有【超回復】。

蒂雅像失神一樣在我的臂彎裡睡著。之前硬撐恐怕讓她累透了。

回到屋邸以後，我聽見了腳步聲。

趕來的塔兒朵一看到我就濕了眼睛，並且在胸前交握雙手。

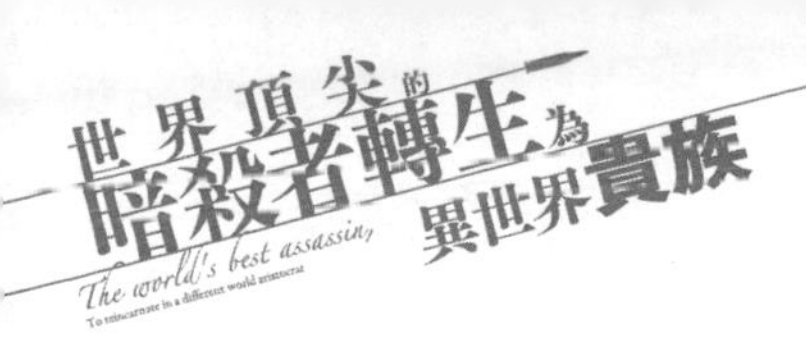

「歡迎回來，盧各少爺。少爺平安回到家裡了呢！太好了，真的。」
「難道妳都沒睡，一直在等我？」
「沒……沒有那回事喔。」
騙人。看眼睛就曉得。
為了讓我保留體力，塔兒朵領路已經累得精疲力盡，還一直醒著簡直是胡來。
明明這女孩跟我不一樣，並沒有【超回復】耶。
本來想發脾氣叫她別逞強的我作罷了。
此刻，該對她說的不是那些話。
「謝了。因為有妳努力付出，我的集中力撐到了最後一刻。」
……【昆古尼爾】是極限條件下的魔法。
計算複雜，魔法細膩，扔出長槍之際不許有絲毫偏差，將對手引誘到著陸點極度消耗神經。
欠缺任何一絲集中力就會以失敗收場。
多虧塔兒朵，去程當中，我有一個小時得以輕鬆。我認為這次行動就是藉此多了那一點寬裕才能成功。
「是！我的努力值得了……那一位就是蒂雅小姐對不對？」
塔兒朵從我口中聽過好幾次蒂雅的事，卻沒有直接見過面，就一直興趣濃厚地看著她。

「等她醒了再做介紹。畢竟她應該會在這塊領地住下來。」

「嗚嗚嗚，這位小姐實在實在好漂亮，跟娃娃一樣。看了都覺得嫉妒。」

說這些話的塔兒朵自己也是個相當標緻的美少女，明明沒必要嫉妒的。

因為羞人，這種話我倒不會說出口。

我察覺有動靜，轉頭望去，父親便在那裡。

「虧你達成了任務。」

「之後我會再詳細報告，但遺憾的是我第一次暗殺失手了。」

原本應該讓蒂雅詐死再把她帶走，但是在決鬥中戰勝瑟坦特導致敵兵逃走，我沒能假造這場暗殺。

「既然蒂雅像這樣活著，那大概也無妨。我知道你的手腕。盧各，你應該不至於糊塗到洩露身分，或者讓人得知蒂雅被帶到了這裡吧？」

「是的，那不會錯。」

「那就好。你慢慢休息吧……感謝你代替不中用的父親，實現了朋友的心願。」

另外……父親如此說了下去。

「有件緊急的消息，我要先告訴你。在你啟程後，就傳出了勇者誕生於亞爾班王國的消息。勇者現世，代表以後魔物會增加，魔族即將出現。盧各，你也要留心。」

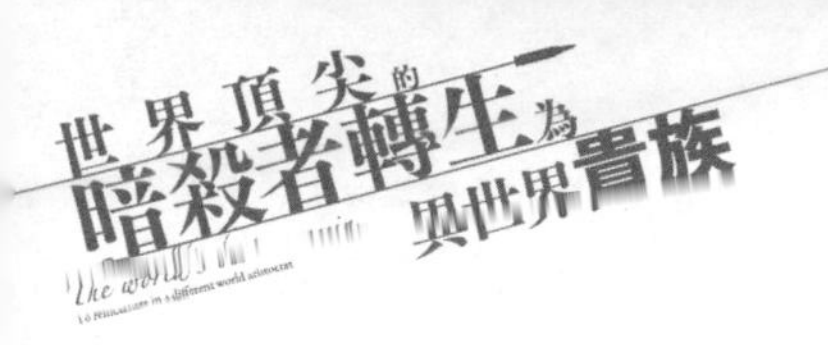

勇者出現了，表示瑟坦特並不是勇者？

那是個好消息，同時卻也有令人不安的要素。假如瑟坦特並非勇者，他那荒謬的強度是怎麼回事？

反過來想，表示有某種方式能讓區區凡人強到那種地步。將瑟坦特的事澈底查清楚吧。

「是，我會留心。蒂雅接下來要怎麼辦呢？」

「她的戶籍，我當然已經準備好了。她要在圖哈德過活。蒂雅的銀髮十分顯眼。在這個國家頂多只有你和艾思麗才有那種髮色。話雖如此，要她染掉又太可惜……盧各，所以我會動用你妹妹的戶籍。原本那另有其他用途，不過我早早就打點好了。既然是你妹妹，生著銀髮豈有不自然之處。」

蒂雅要當我妹妹，莫名其妙。

的確，家中血統會生出銀髮也很自然，這我明白。

但……

「為什麼不讓她當姊姊，而是妹妹？」

「我還有準備給其他用途的家屬戶籍，不過你忘了嗎？下個月有那檔事。」

「啊。」

這樣啊，我忘記了。

的確，不是妹妹就糟了。

「蒂雅個子矮，長得又一副娃娃臉，再說……你也看得出來吧？當你的妹妹完全說得通。」

父親看著蒂雅的胸脯說了這段話，我想這件事我還是藏在心裡好了。

單從母親來看，或許她們就是那樣的血統。

「我明白了。我也會先跟蒂雅說清楚。」

發生妹妹比我還年長這種蠢事，她大概會生氣吧，但是說明過後應該就懂了。

「嗯，麻煩你了……最後我要說，勇者與你同年。如此一來，你們必然再過不久就會見面，在那個地方。」

我的心臟怦然加速。

五年前這個國家制定了一條規範。那使得貴族們在十四歲成人以後，並不會馬上結婚，普遍變成了十四歲訂婚，十六歲才結婚。

既然勇者與我同年，只要他遵從規範，肯定就會與我碰面才對。

「我會謹記禮數。」

「說不定，勇者會在那地方尋找同行的伙伴。我們有我們的使命。雖然我不希望招惹多餘的麻煩……若有必要，你想以那邊為優先也無妨。敢情王族不會有怨言才是。」

……終於，可以見到要殺的目標了。

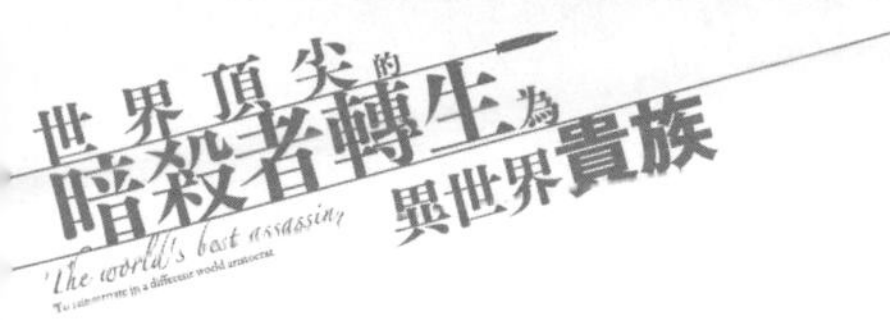

就在那地方澈底監視對方吧。

在他殺魔王之前不能動手。

這段期間，我會探出勇者的所有能力，參透其弱點，讓他無從遁形。

同時，我也會一併尋找不殺勇者就能拯救世界的方法。

我跟前世不一樣，已經決定不做無謂的殺生了。

不過，為了蒂雅、塔兒朵、瑪荷，為了愛護與寶貴家人們生活的這個世界，如果只有殺勇者一途的話……我應該會毫不猶豫地動手暗殺。

因為，那正是盧各·圖哈德決定以自身意志執行暗殺的生存之道。

後記

感謝您閱讀《世界頂尖的暗殺者轉生為異世界貴族》。

我是原作者「月夜涙」。

如標題所示，有個世界頂尖的暗殺者會投胎轉世到異世界。

而且，他會用前世的技術搭配魔法成為最強。他的願望是這次一定要為了自己而活，而且要變得幸福。

在第一輪世界只是道具的他，將在異世界逐漸找出普通的幸福。

請支持這樣的他所度過的第二人生。

宣傳

在YOUNG ACE UP決定要連載本作的改編漫畫了！

由皇ハマオ老師執筆，預定從一月底開始連載。預計在各位拿到這本書的時候就已經開始連載了。

另外，這個月在Sneaker文庫同時進展中的《回復術士的重啟人生》系列會有第五集上市。被奪走一切的回復術士回到過去，要取回被奪走的一切。雖然這是部相當過激又色色的小說，不過很有趣喔。本系列改編的漫畫及有聲書ＣＤ反應也十分熱烈，請務必參考！

謝詞

れい亜老師，感謝您的精美插畫。感受到您作畫極為賣力，是我身為作者的喜悅。我會力求寫出與れい亜老師插圖相配的有趣作品。

責任編輯宮川大人，非常感激您總是迅速誠懇地給予照應。

角川Sneaker文庫編輯部與各位相關人士，負責設計的阿閉高尚大人，還有讀到這裡的各位讀者，萬分感謝你們！謝謝大家。

世界頂尖的暗殺者
轉生為
異世界貴族

SEKAI SAIKO NO
ANNSA TSUSYA
ISEKAI KIZO
TENNSEI SU

恭喜
第1集發售！
Reia.

盧各
好帥啊～

れい亜

下集預告
Next
為了接近終於誕生在
這個世上的「勇者」，
三人進了王立學園就讀，
卻沒有想到——！
世界頂尖的暗殺者轉生為異世界貴族
The world's best assassin,
To reincarnate in a different world aristocrat
②
敬請期待!!

LV999的村民 1~6 待續

作者：星月子猫　插畫：ふーみ

系列銷量累計突破20萬冊！漫畫版也大受好評！
村民鏡面臨再次覺醒，「轉職」又是怎麼回事？

村民鏡查出人類之敵「食星者」的真正面貌。為了齊集全人類的力量來抗敵，來栖試圖與美國的地下設施「伊甸」聯絡，但是伊甸卻不留痕跡地消失了。為了查明狀況，一行人再度前往奇幻世界「阿斯克利亞」！而除了鏡以外，都被宣告沒有戰力!?

各 **NT$250~280/HK$78~87**

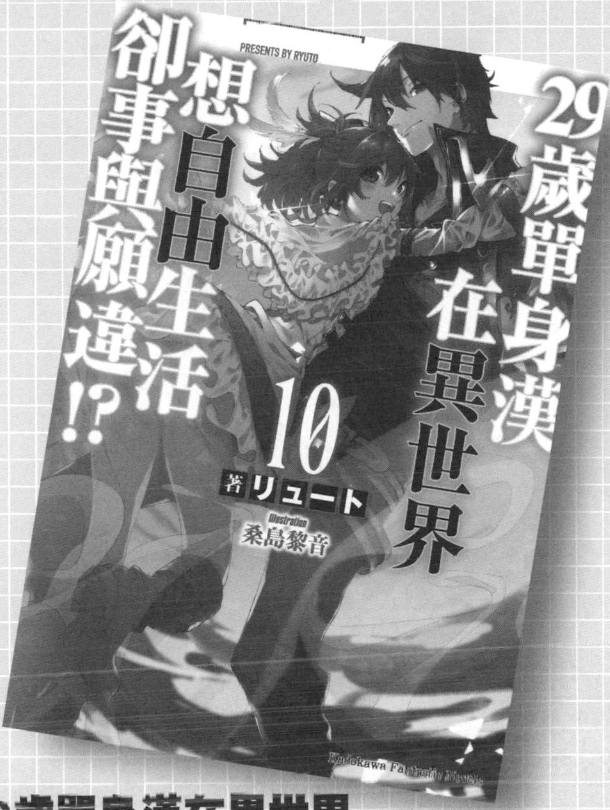

29歲單身漢在異世界想自由生活卻事與願違!? 1~10（完）

作者：リュート　　插畫：桑島黎音

專心國政而疲於奔命的大志
迎來命運的分歧點，他的選擇是——!?

大志讓國家恢復和平之後，開始專心處理內政。勇魔聯邦內的問題堆積如山，使他疲於奔命！這時候，某人突然鎖定大志展開襲擊……！不僅如此，眾神向大志提出了某項要求。大志是否要走上成為神的道路——抉擇的時刻到來！

各 **NT$180~220/HK$50~68**

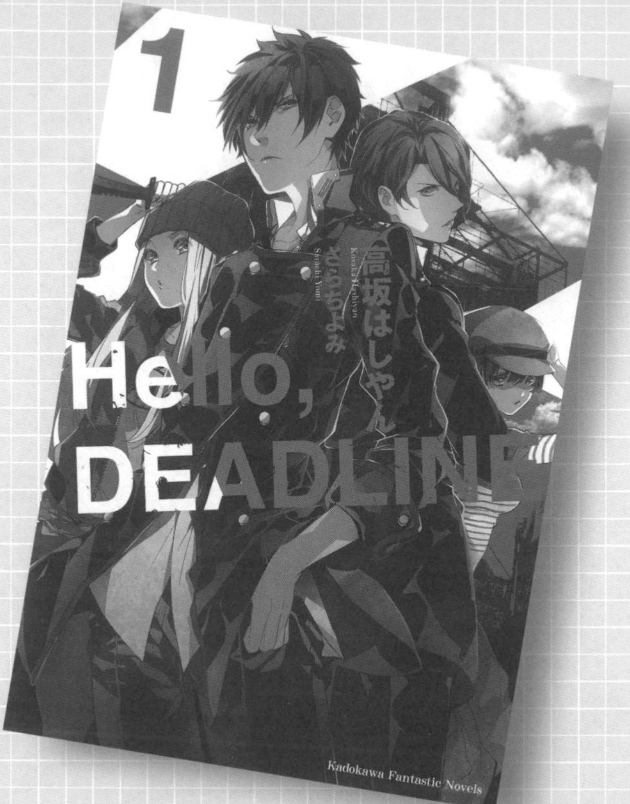

Hello, DEADLINE 1 待續

作者：高坂はしやん　插畫：さらちよみ

三名少年少女為追尋各自的目標，
潛入皇都中的禁忌地區「外區」——

皇都中的禁忌地區「外區」遭到政府嚴密封鎖，三名少年少女悄悄入侵此處。追尋父母死亡真相的「尋死者」酒匂驤一；具有強烈正義感的折野春風；懷有殺人衝動的少女戰部米菈。當一名理應不存在的少女出現在他們面前，故事的齒輪開始轉動……

NT$240/HK$80

八男？別鬧了！ 1~14 待續

作者：Y.A　插畫：藤ちょこ

日本預定2020年4月播放TV動畫！
妹控武臣竟想破壞艾爾與遙的婚禮!?

艾爾與遙終於要舉行婚禮了，然而遙的哥哥武臣卻努力想方設法要阻止這場婚禮……另外威爾被派去王都的冒險者預備校擔任臨時講師，他與優秀的學生們建立了互相學習的關係。描寫可悲男人的生存方式與下一代成長的第十四集！

各 **NT$180~240/HK$55~80**

千劍魔術劍士 1~2 待續

作者：高光晶　插畫：Gilse

對上強敵「三大強魔」——
最強劍士傳說，第二集登場！

結束與領主軍的戰鬥，阿爾迪斯等人來到納古拉斯王國附近的森林中。為收集情報，阿爾迪斯孤身前往王都古蘭，聽聞了令王都居民頭疼的魔物「三大強魔」。傳聞中名為「噬紅」的魔物存在於雙子與涅蕾留下的森林中，而喚醒魔物的「滿月」逐漸接近——

各 **NT$180~220/HK$60~73**

Babel 1~2 待續

作者：古宮九時　插畫：森沢晴行

超過400萬人深受感動，
超人氣網路小說終於出版！

水瀨雫撿起怪異書本，回過神來就到了異世界。唯一的幸運之處是「語言相通」。雫與魔法士埃利克一同踏上尋找歸鄉之路的旅程。大陸上因為兩種怪病——孩童的語言障礙與連綿細雨所帶來的疾病，陷入極度混亂。異世界隱藏的衝擊性真相即將揭曉！

各 **NT$240/HK$75**

國家圖書館出版品預行編目資料

世界頂尖的暗殺者轉生為異世界貴族 / 月夜淚作 ;
鄭人彥譯. -- 初版. -- 臺北市 : 臺灣角川, 2020.05-
冊 ; 公分

譯自 : 世界最高の暗殺者、異世界貴族に転生する
ISBN 978-957-743-764-8(第1冊 : 平裝)

861.57 109003333

Kadokawa
Fantastic
Novels

世界頂尖的暗殺者轉生為異世界貴族 1

（原著名：世界最高の暗殺者、異世界貴族に転生する）

2020年5月20日　初版第1刷發行
2023年6月19日　初版第6刷發行

作　　者：月夜涙
插　　畫：れい亜
譯　　者：鄭人彥

發 行 人：岩崎剛人
總 編 輯：蔡佩芬
編　　輯：孫千棻
美術設計：吳佳昫
印　　務：李明修（主任）、張加恩（主任）、張凱棋

發 行 所：台灣角川股份有限公司
地　　址：104台北市中山區松江路223號3樓
電　　話：（02）2515-3000
傳　　真：（02）2515-0033
網　　址：www.kadokawa.com.tw
劃撥帳戶：台灣角川股份有限公司
劃撥帳號：19487412
法律顧問：有澤法律事務所
製　　版：尚騰印刷事業有限公司
I S B N：978-957-743-764-8